GERD LECHTER

999 SUPER-KRACHER

Von Gerd Lechter sind bereits folgende Bände erschienen:

999 Superkracher (Die große Witzesammlung)
Nochmal 999 Superkracher (Die große Witzesammlung, Band 2)
222 Superkracher (Versaute Witze und Ferkeleien für Erwachsene)

Gerd Lechter, 999 Superkracher

Printed in Germany
by Amazon Distribution GmbH, Leipzig

überarbeitete Auflage 2014

ISBN: 978-1484806104

INHALT

I

GEMISCHTES

Ein Mann geht mit einem Kinderwagen spazieren. Das Kind schreit und schreit. Immer wieder sagt der Mann: „Ruhig, Dieter, ruhig!"
Kommt eine ältere Dame zu ihm und sagt: „Ich finde es wirklich toll, wie Sie den kleinen Dieter beruhigen."
„Was heißt hier ‚kleiner Dieter'? Ich bin Dieter!"

*****

Kommt ein Mann in die Hölle und darf sich eine von drei Kammern als Strafe für sein Leben aussuchen. In der ersten Kammer werden alle mit glühenden Eisen verbrannt. Er lehnt ab.
In der zweiten Kammer werden alle fürchterlich ausgepeitscht. Wiederum lehnt er ab. In der dritten Kammer schließlich stehen alle bis zum Hals in der Scheiße und rauchen eine Zigarette.
„Das ist zwar ein furchtbarer Gestank", sagt der Kandidat, „aber ich nehme diese Kammer."
Er stellt sich zu den anderen bis zum Hals in die Scheiße und steckt sich eine Zigarette an. Da kommt plötzlich ein kleines Teufelchen und sagt: „Zigarettenpause ist zu Ende, alle wieder untertauchen."

*****

Die Verkäuferin fragt an der Kasse die alte Dame: „Möchten Sie eine Tüte?"
„Nein danke, davon wird mir immer schwindlig!"

*****

Was machst du, wenn vor dir ein Feuerwehrauto fährt, links neben dir eine Kutsche fährt und rechts neben dir ein Flugzeug fliegt?
Runter vom Karussell und nie wieder Glühwein!

*****

Eine beleibte Frau steht vor dem Zauberspiegel:
„Spieglein, Spieglein an der Wand, wer ist die Schönste im ganzen Land?"
„Geh' mal zur Seite, ich seh' ja nichts!"

*****

„Oma, hast du meine Tabletten gesehen? Auf der Dose stand LSD."
„Nö, kümmere dich lieber um den Drachen in meiner Küche!"

*****

Ein Fußballfan verirrt sich in die falsche Kneipe. Als er wieder raus will, stoppt ihn ein Riesen-Typ: „Hier bei uns musst du würfeln! Bei Eins bis Fünf kriegst du ein paar aufs Maul!"
„Und bei einer Sechs?"
„Darfst du noch mal würfeln."

*****

Unterhalten sich drei ältere Herren am Stammtisch über den Werdegang ihrer Söhne.
Der Erste erzählt stolz: „Mein Sohn hat Tankwart gelernt und heute hat er 15 Tankstellen!"
Der Zweite übertrumpft ihn: „Mein Sohn hat Drogerist gelernt und heute hat er 20 Drogerien!"
Der Dritte: „Ich weiß nicht, wie ich es sagen soll ..."
Die reden ihm gut zu: „So schlimm kann es doch nicht sein?"
Der Dritte: „Also gut: Mein Sohn ist schwul."
„Na und, das ist doch nicht schlimm. Und womit verdient er sein Geld?"
„Er hat 2 reiche Freunde – der eine hat 15 Tankstellen und der andere 20 Drogerien."

Ein Ehepaar geht spazieren.
Er: „Kaktusse!"
Sie korrigiert: „Das heißt Kakteen!"
Er: „Ich meinte dich!"

„Hallo, ist dort der Tierschutzverein?", ruft die Frau ins Telefon.
„Ja. Was ist denn?"
„Sie müssen mir sofort jemanden herschicken. Auf dem Baum vor unserem Haus hockt ein Postbote und beschimpft meine süße Dogge in ganz, ganz schlimmer Weise!"

Im Radio: „Es ist 12 Uhr und Sie hören WDR 2."
Der Paranoide: „Verdammt, woher wissen die das!"

„Hast du den Wagen in die Garage gefahren, Schatz?"
„Nicht ganz, aber die wichtigsten Teile!"

„Um Gottes Willen!", sagt die alte Wahrsagerin. „Mit Ihnen wird es ein schlimmes Ende nehmen. Man wird sie grausam töten, kochen, zerteilen und aufessen ..."
„Moment, Moment", erwidert die junge Frau, „lassen Sie mich doch erst die Lederhandschuhe ausziehen!"

Sagt die Mutter zum Sohn: „Kind, du sollst mich nicht ständig anlügen!"
Anwortet der Sohn: „Ich sag' nur: Weihnachtsmann, Osterhase, Nikolaus!"

Ein Mann kommt in die Kneipe und sagt: „Ein Bier, bevor das schon wieder losgeht!"
Er bekommt sein Bier, kippt es in einem Zug und sagt: „Und noch eins, bevor das wieder losgeht!"
Er bekommt ein neues Bier, trinkt es in einem Zug und bestellt: „Ein Bier, bevor das wieder losgeht!"
Sagt der Wirt: „Kannst du überhaupt bezahlen?
Stöhnt der Mann: „Jetzt geht das schon wieder los!"

•••••

Moses steigt vom Sinai herunter: „Gute und schlechte Nachrichten, Jungs!
Ich habe ihn herunter auf 10, aber Ehebruch ist immer noch dabei!"

•••••

Der Sohn eines reichen Arabers studiert im Ausland. Nach seinem ersten Monat fern der Heimat schreibt er seinen Eltern: „Ich fühle mich hier sehr wohl, die Menschen sind nett und die Vorlesungen interessant. Manchmal allerdings habe ich ein schlechtes Gefühl, wenn ich morgens vor der Uni aus dem goldenen Rolls-Royce aussteige und meinen Professor aus der Straßenbahn aussteigen sehe." Umgehend kommt ein dicker Scheck mit der Post: „Junge, mach uns keine Schande, kauf' dir auch eine Straßenbahn!"

•••••

Begeistert erzählt der Sohn am Mittagstisch: „Papa, Papa, heute hat uns der Chemielehrer gezeigt, wie man Sprengstoff herstellt!"
Antwortet der Vater: „Interessant. Und was lernt ihr morgen in der Schule?"
„Welche Schule?"

•••••

Der Steward meldet dem Kapitän einen blinden Passagier und fragt, was mit ihm geschehen solle. Der Kapitän: „Werfen sie den Schmarotzer über Bord!" Nach einer Viertelstunde kommt der Stewart zurück: „Und was machen wir jetzt mit dem Hund?"

•••••

„Stimmt es, dass sowjetische U-Boote den Weltrekord für den längsten Tauchgang halten?"
„Das ist richtig, zwei unserer Boote tauchen seit 1957!"

•••••

Sagt der eine Bauer zum anderen: „Du, ich habe meine Scheune jetzt gegen Feuer und Hagel versichert."
Entgegnet der andere: „Also Feuer verstehe ich ja, aber wie machst du denn Hagel?"

•••••

Der Wanderer zum Bergbauern: „Warum sind denn hier alle Hütten aus Holz?"
„Weil wir die Steine alle für die Berge brauchen."

*****

Der Bauer ist in der freiwilligen Feuerwehr. Des Nachts geht die Sirene. Er springt aus dem Bett und schreit: „Weib, meine Hose!"
Die Bäuerin reicht ihm verschlafen seine Kleidung. Der Bauer zieht sich an und brüllt: „Weib, meinen Helm!"
Die Bäuerin verschlafen: „Unter dem Bett. Aber schütte nicht wieder alles daneben."

*****

Der Bauer auf der Polizeiwache: „Ich wollte melden, dass mein Esel gestern gestohlen wurde."
Der Beamte: „Na und?"
Darauf der Bauer: „Ich hab ja nur gedacht, ich sollte die engsten Verwandten informieren."

*****

Sagt die Mutter: „Diese Jugend von heute! Mit 15 die Pille haben wollen, aber den 30. Geburtstag deiner armen alten Mutter vergessen!"

*****

Kannibalen essen Menschen.
Und was essen Bio-Kannibalen? Nonnen! Die sind garantiert nicht gespritzt!

*****

Was ist absolutes Vertrauen? Zwei Kannibalen beim Oralsex.

*****

Was ist ein Ritter im Kannibalendorf? Dosenfutter!

*****

Wie nennt ein Kannibale einen Inline-Skater? Rollbraten!

*****

Wir sind Kannibalen und würden euch gerne in unserer Mitte aufnehmen.

*****

Sagt der Kannibale im Feinkostladen: „Bitte einen Eskimo, wir haben heute Abend kaltes Buffett!"

*****

Sagt der Kannibale bei der Partnervermittlung: „Ich hätte gerne ein Mädchen nach meinem Geschmack!"

*****

Zwei Betrunkene auf den Bahngleisen: „Verdammt, die Treppe hört und hört nicht auf!"
„Und mir tut schon der Rücken weh; das Geländer ist viel zu tief!
„Na endlich, da kommt der Fahrstuhl!"

*****

Ein Betrunkener beschimpft die Fahrgäste in der Straßenbahn.
Die auf der linken Seite brüllt er an: „Idioten, ihr seid alle Idioten!"
Die auf der rechten Seite beschimpft er: „Treulose Ehebrecher, alles Ehebrecher!"
Da wird es einem Fahrgast zuviel und er herrscht den Betrunkenen an: „Ich bin seit 25 Jahren verheiratet und habe meine Frau niemals betrogen!"
Lallt der Betrunkene: „Dann setz dich halt rüber zu den Idioten!"

•••••

Heinz liegt nach der Weihnachtsfeier völlig betrunken im Straßengraben. Ein vorbei kommender Pfarrer hält ihn für einen Sterbenden und fragt: „Mein Sohn wünschst du die letzte Ölung?"
Lallt Heinz: „Um Himmels willen, jetzt bloß nichts Fettiges!"

•••••

Zwei Betrunkene torkeln gemeinsam die Straße entlang. Sagt der eine: „Du, ist das der Mond oder die Sonne?" Darauf der andere: „Keine Ahnung, ich bin auch nicht von hier!"

•••••

Ich habe eine Leder-Allergie. Wenn ich aufwache und die Stiefel noch anhabe, dröhnt mir der Schädel.

•••••

Die junge Frau gibt das völlig zerbeulte Auto in der Werkstatt ab: „Ich bin gegen einen Baum gefahren!" Der Mechaniker nickt verständnisvoll: „Darf ich fragen, wie oft?"

•••••

Ein Autofahrer wird angehalten: „Pusten Sie mal in dieses Röhrchen!"
„Nein, das möchte ich nicht!"
„Wenn Sie sich weigern, mache ich es für Sie, allerdings haben Sie dann 3,5 Promille!"

•••••

Ein Autofahrer wird angehalten, weil er ein Rotlicht überfahren hat. „Das macht 100 Euro", sagt die Polizistin. Der Autofahrer mustert sie kurz: „Na gut, steig ein."

•••••

Ein Mann bei der Musterung: „Wo wollen Sie denn hin?"
„Zur Marine."
„Können Sie schwimmen?"
„Nein, wieso? Haben sie denn keine Schiffe?"

•••••

In der Schule. Die Lehrerin sagt: „Wer mir einen Satz mit den Worten Samen und säen sagen kann, darf sofort nach Hause gehen."
Der kleine Torben meldet sich: „Guten Tag zusamen. Morgen säen wir uns wieder."

•••••

Matheaufgabe beim Bund:
„2005 kostete ein Sack Kartoffeln 20 Euro, 2010 kostete ein Sack Kartoffeln 30 Euro.
Aufgabe für Wehrpflichtige:
„Errechnen Sie den Unterschied in Prozent."
Aufgabe für Unteroffiziersanwärter:
„Errechnen Sie den Unterschied in Euro."
Aufgabe für Offiziersanwärter:
„Unterstreichen Sie das Wort Kartoffeln."

*****

Der Diener öffnet dem alten schwerhörigen Grafen die Tür: „Na alter Lustgreis, wieder im Wirtshaus gewesen, Bier gesoffen und junge Weiber angebaggert?"
„Nein, in der Stadt gewesen und Hörgerät gekauft!"

*****

Zwei Sandkörner gehen durch die Wüste.
Sagt das eine: „Psst. Dreh' dich nicht um, aber ich glaube, wir werden verfolgt."

*****

„Haben Sie noch Restalkohol?"
„Auf gar keinen Fall! Wir haben alles getrunken!"

*****

Der Polizist mahnt: „Sie haben gerade ein Stop-Schild überfahren!"
Der Autofahrer: „Und? Wie geht's ihm? Ist es schwer verletzt?"

*****

Der Mechaniker zum Autobesitzer: „Ihr Problem ist größer, als ich anfangs gedacht habe. Ihre Batterie braucht ein neues Auto!"

*****

Letzte Worte des betrunkenen Autofahrers: „Blöder Baum, weich' endlich aus!"

*****

Was ist blau und läuft immer zwischen Küche und Wohnzimmer hin und her?
Jeder kann doch seine Frau anmalen, wie es ihm gefällt!

*****

Der Vampir beim Bäcker: „Ich hätte gerne ein Brötchen!"
„Wozu brauchen SIE denn ein Brötchen?"
„An der Ecke ist ein Autounfall und ich möchte gerne dippen!"

*****

Was ist das Ergebnis einer Kreuzung von Frau und Riesenkrake?
Keine Ahnung, aber es kann bestimmt verdammt gut putzen!

*****

Fragt der Bewerber den Personalchef: „Sie suchen einen neuen Kassierer?"
„Ja, und den alten auch."

Der Chef erzählt einen Witz, alle Angestellten biegen sich vor Lachen – nur eine Sekretärin nicht. „Haben Sie keinen Sinn für Humor?", fragt ein Kollege neben ihr.
„Doch schon", antwortet sie, „aber ich habe bereits gekündigt."

Rekrut: „Herr Leutnant, in unserer Truppe ist ein Schwuler!"
„So, wer denn?"
„Küss mich, Schätzchen, und ich verrate alles!"

Der Polizist fragt den Autofahrer: „Sind Sie mit einem Alkoholtest einverstanden?"
„Gerne, in welcher Kneipe fangen wir an?"

„Herr Wachtmeister, mein Fahrrad wurde geklaut!"
„Hatte es eine Beleuchtungsanlage?"
„Nein."
„Dann macht das zuerst einmal 20 Euro Strafe."

Die Blondine versucht, Marmelade zu machen: „Verdammt, ist das anstrengend, die ganzen Berliner zu schälen!"

Was macht die Blondine in der Wüste? Staubsaugen!

Er sagt zu ihr: „Schatz, ich mache dich zur glücklichsten Frau der Welt!"
Sie entgegnet: „Du wirst mir fehlen."

Jesus meditiert in der Wüste. Ein alter blinder Mann kommt des Weges, mit wallendem weißen Haar, die Hände suchend ausgestreckt. „Mein Sohn, mein Sohn, ich suche meinen verschollenen Sohn!" Jesus sagt: „Vielleicht kann ich dir helfen. Woran erkennt man deinen Sohn?"
Der alte Mann sagt: „Er hat Löcher in den Händen und den Füßen, die von Nägeln stammen."
Jesus freudig erregt: „Vater, Vater!"
Der alte Mann: „Pinocchio!"

Dozent: „Der westliche Teil der Bundesrepublik hat 20 Bundesländer."
Student: „Entschuldigen Sie, es sind 11!"
Dozent: „Was? Noch mehr?"

„Verzeihen Sie, ich suche den Bahnhof."
„Ich verzeihe Ihnen, suchen Sie ruhig."

Die Wahrsagerin jammert: „O Gott! Das ist ja entsetzlich! Ich weiß nicht, wie ich es Ihnen sagen soll, aber Ihr Mann wird in den nächsten Tagen sterben!"
Meint die Kundin: „Das weiß ich doch längst! Mich interessiert, ob ich freigesprochen werde!"

Der Mann brüllt die Frau an: „Immer bist du anderer Meinung als ich!"
Sie erwidert: „Das ist auch gut so. Sonst hätten wir ja beide unrecht!"

„Diese Pilzsuppe schmeckt aber auch zu gut, hast du das Rezept von deiner Mutter?"
„Nein, aus einem Krimi!"

Zwei Golfer am siebten Loch. Unten auf dem Weg zieht ein Leichenzug vorbei. Der eine zieht pietätvoll seinen Hut und neigt sein Haupt. Sagt der andere: „Mann, du bist heute aber mitfühlend!"
„Na, schließlich waren wir ja auch 35 Jahre miteinander verheiratet."

Ein streitsüchtiges Ehepaar im Restaurant. Der Kellner lässt einen Stapel Teller mit ohrenbetäubendem Lärm fallen. Lächelt er sie an: „Hör mal Schatz, sie spielen unser Lied!"

Der 70-jährige Multimillionär heiratet ein 19-jähriges Fotomodell. Ein Freund will wissen, wie er das hingekriegt hat.
„Ganz einfach: ich habe ihr gesagt, ich sei 95!"

Opa kaut entspannt auf einem Grashalm. Der Enkel schreit: „Hurra, hurra, ich kriege eine Playstation!"
Der Opa will wissen: „Wieso das denn?"
Der Enkel: „Mama sagt immer, wenn der Opa ins Gras beißt, gehen wir erst mal einkaufen!"

Streiten sich drei Freunde über Computer. Der erste meint: „Echte Männer arbeiten mit einem PC und lassen ihre Kinder mit einer Playstation spielen!"
Der zweite kontert: „Echte Männer arbeiten mit einer SUN und geben den PC ihren Kindern zum spielen!"
Der dritte: „Echte Männer spielen mit ihren Kindern und lassen den MAC für sich arbeiten!"

Treffen sich zwei alte Kumpel. Der eine fährt einen heißen Ferrari. Der andere fragt: „Mann, wie bist du denn an DIE tolle Karre gekommen?"
„Also, ich fahre per Anhalter mit dieser heißen Frau in dem Ferrari. Plötzlich fährt sie auf einen Autobahn-Rastplatz, streift sich das Höschen herunter, spreizt die Beine weit und sagt: Du kannst jetzt von mir haben, was du willst!" – und da hab' ich natürlich den Ferrari genommen!"
„Ja klar, das Höschen hätte dir ja auch niemals gepasst!"

*****

Der Mann versteckt sich vor dem Zorn seiner Frau unter dem Ehebett.
Sie: „Du kommst jetzt sofort da raus! Ich zähle bis drei!"
Er: „Du hast wohl vergessen, wer hier der Herr im Haus ist! Ich bleibe hier, solange ich will!"

*****

95% aller Frauen finden ihren Arsch zu dick, 3% ist er zu dünn und nur magere 2% sind froh, ihn geheiratet zu haben.

*****

Ich habe meine blutende Freundin aus dem Autowrack gezogen. Sie wehrte sich mit Händen und Füßen: „Liebling, lass mich nur noch einmal einparken!"

*****

Ein Mann hat beim Golfen eine Herzattacke und stirbt noch auf dem Platz. Nach langem Hin und Her erklärt sich der beste Freund bereit, die Ehefrau anzurufen. Er begrüßt sie am Telefon: „Hallo Marie, stell' dir vor, dein Herbert hat gerade beim Golfen 600.000 Euro verloren ... was sagst du? ... der Schlag möge ihn treffen? ... Merkwürdig, dass du das gerade jetzt erwähnst, denn ich ..."

*****

„Mama, ich will das Auto nicht über die Klippe schieben!"
Still mein Kind, du weckst deinen Vater!"

*****

„Mama, Mama, warum rennt Papa immer Zickzack?"
„Sei still und lad' nach!"

*****

Eine schwangere Frau betritt die Backstube: „Ich bekomme ein Schwarzbrot!"
Der Bäcker kopfschüttelnd: „Also Sachen gibt's!"

*****

Was passiert, wenn man eine Handgranate in die Küche wirft?
Nicht besonders viel – das Chaos bleibt dasselbe, aber das ständige Gequatsche hört auf.

*****

„Sag mal, Kleiner, warum bewirfst du denn deinen Freund da drüben mit Steinen?"
„Ich darf nicht näher dran, er hat Windpocken!"

•••••

Bei Maiers klingelt das Telefon.
„Hier Maier."
„Entschuldigen Sie, ist dort nicht bei Schmitz?"
„Nein, hier bei Maier."
„Entschuldigung, dann habe ich mich verwählt."
„Nicht schlimm, das Telefon hat sowieso gerade geklingelt."

•••••

Müller steht am Grab seiner Gattin. Plötzlich kommt eine Hand aus der Erde und eine dumpfe Stimme ruft „Hilfe, man hat mich lebendig begraben!" Müller tritt die Hand fest und meint: „Aber nicht besonders gut!"

•••••

Michael Schumacher und Mika Häkkinen machen zusammen einen Indien-Urlaub. Mika wird nachts von lauten Geräuschen geweckt. Er sieht aus dem Zelt. Draußen rennt Michael um das Zelt, einen riesigen Tiger auf den Fersen.
„Michael, lauf schneller, er hat dich gleich!", brüllt er seinem Freund zu.
„Das macht nichts, ich hab' drei Runden Vorsprung!"

•••••

Die alte Dame hebt Ihr ganzes Geld in bar ab. Keine 10 Minuten später kommt sie erneut in die Bank und zahlt alles wieder ein.
„Warum haben Sie denn das gemacht?", möchte der Kassierer wissen.
„Na, man wird doch wohl noch nachzählen dürfen, oder?

•••••

Die Lehrerin fragt die Erstklässler: „Glaubt ihr, dass es Leben auf dem Mond gibt?"
„Aber klar, da brennt doch jeden Abend das Licht!"

•••••

Lehrer: „Wie heißen deine Eltern?"
Schüler: „Schatzi und Dicker!"

•••••

„Ich habe gehört, du hast dich gestern mit deiner Freundin gestritten?"
„Ja, aber am Schluss kniete sie vor mir!"
„Was hat sie gesagt?"
„Komm sofort unter dem Bett heraus!"

•••••

Der alte Jäger trifft in der Dorfkneipe den Dorfarzt:
„Wissen Sie schon, was ich heute erlegt habe?"
Der Arzt: „Ganz genau, ganz genau – war schon in meiner Sprechstunde!"

•••••

„Und Oma, wie funktioniert dein neues Hörgerät?“
„Hervorragend, ich habe mein Testament schon dreimal geändert!“

*****

Er: „Wird dein Vater sich nicht wundern, dass du solange wegbleibst?“
Sie: „Nein Schatz, der hält den Finger auf das Loch im Wasserrohr und wartet, dass ich mit dem Klempner wiederkomme!“

*****

Der Vater liest Gute-Nacht-Geschichten vor. Nach zwei Stunden öffnet die Mutter leise die Tür und flüstert: „Ist er jetzt eingeschlafen?“
„Ja, endlich!“, kommt ein leises Stimmchen aus dem Kinderbett.

*****

Ein Mann bestellt jahrelang jeden Abend drei Bier in der Kneipe. Der Wirtin erklärt er: „Eins ist für mich, eines für meinen Bruder in Amerika und eines für meinen Bruder in Australien.“ Eines abends bestellt er nur noch zwei Bier.
Mitfühlend fragt die Wirtin: „Oh, ein Todesfall in der Familie?“
„Nein, ich habe das Trinken aufgegeben!“

*****

Vor der Schule steht ein Warnschild: Überfahren Sie die Kinder nicht!“ In krakeliger Kinderschrift steht darunter: „Warten sie auf den Lehrer!“

*****

Der indische Nachbar schüttelt jeden Morgen seinen Teppich aus. Sagt die mitfühlende Hausfrau: „Na, springt er nicht an?“

*****

Morgens im Schulbus: „Sag mal, fährt der Bus schon?“
„Meinst du, wegen uns würden die Häuser vorbei getragen?“

*****

Zwei Polen stehlen ein Schwein: Autotür auf, Schwein rein und weg! Am Ortsausgang steht eine Verkehrskontrolle – schnell binden die beiden dem Schwein ein Kopftuch um. Der Polizist lässt sie passieren und dreht sich zu seinem Kollegen um: „Ich frag mich, wie die das anstellen, immer unsere heißesten Weiber abzuschleppen?“

*****

„Glaubst du, unser Sohn hat seine Intelligenz von mir?“, will er wissen. „Muss wohl so sein“, sagt sie, „ich habe meine noch!“

*****

Die Ehefrau: „Und du bildest dir ein, ich trage diesen Kaninchenfellmantel mein Leben lang?"
„Warum nicht, das hat das Kaninchen doch auch getan!"

Wieso verschwinden im Internet so viele ältere Menschen?
Sie drücken ALT + Entf.

Sagt der Mann in der Apotheke:
„Ich hätte gern eine Packung Acetylsalicylsäure."
Der Apotheker: „Sie meinen Aspirin?"
Der Mann: „Genau, ich kann mir nur das verdammte Wort nie merken!"

Zwei Frauen unterhalten sich beim Friseur:
„Ich habe gerade gelesen, dass quer Gestreiftes dick macht."
„Was für ein Blödsinn! Wer isst denn schon quer Gestreiftes?"

Ein Schotte überrascht seine Frau mit einem anderen. Er überlegt nicht lange:
„Stellt euch hintereinander auf – dann reicht eine Kugel!"

Ein schottisches Paar im Auto. Sie:
„Schatz, die Bremsen versagen!"
Er: „Mach die Augen zu und fahr' gegen etwas Billiges!"

„Haben Sie das schon gehört, der neue Mieter in der 4. Etage ist Organist!"
„Jaja, es wird immer schlimmer mit den Männern!"

In der Straßenbahn:
„Sie haben gerade meiner Frau auf den Fuß getreten. Ich fordere Genugtuung!"
„Gerne, meine Frau sitzt in der Reihe vor mir!"

„Haben Sie in Norwegen auch die Fjorde gesehen?"
„Na klar, obwohl die ja sooo scheu sind."

Der Patient erwacht nach der Operation:
„Herr Doktor, ihr Bart ist aber gewachsen."
„Mein Name ist Petrus und den Bart hatte ich immer schon!"

Der Schotte an der Tankstelle: „Was kostet ein Tropfen Benzin?"
„Der ist umsonst!"
„Na, dann tropfen Sie mir doch bitte den Tank voll!"

*****

„Haben Sie das Schild ‚50 Stundenkilometer' denn nicht gesehen?"
„Was? Ich soll bei dem Tempo auch noch lesen?"

*****

Ein Mann kommt in die Hölle. Überall wird gefeiert, gelacht und getrunken. Hinter einer Tür findet der Mann eine Raum, in dem Menschen gefoltert, geschlagen und gepeinigt werden. Fragt der Mann den Teufel: „Was ist denn dahinten los?" Der Teufel: „Ach, das sind die Christen – die wollen das so!"

*****

Ein Auto steht mit einem Platten auf dem Standstreifen. Ein Igel kommt mit seiner Familie vorbei und freut sich: „Endlich, endlich hat mal einer von uns gesiegt!"

*****

„Wenn du unbedingt Benzin sparen willst, warum fahren wir dann nicht mit dem Zug?"
„Sei still und schieb' weiter!"

*****

Wenn ich sterbe, möchte ich friedlich im Schlaf gehen wie mein Großvater ... und nicht vor Angst kreischend wie sein Beifahrer!

*****

Woran erkennt man einen freundlichen Motorradfahrer?
An den Fliegen zwischen den Zähnen!

*****

Er: „Schatz, pack die Koffer, ich hab' im Lotto gewonnen!"
Sie: „Was soll ich denn packen, für kaltes oder warmes Wetter?"
Er: „Mir doch egal, Hauptsache, du bist heute Abend hier raus!"

*****

Die Frischvermählten: „Na Schatz, wie schmeckt dir heute das Mittagessen?"
„Wieso, suchst du schon wieder Streit?"

*****

Er: „Es ist doch immer wieder erstaunlich, dass die hübschesten Mädchen die größten Idioten heiraten."
Sie: „Schatz, das ist das schönste Kompliment seit Jahren!"

*****

Das alte Ehepaar am Wunschbrunnen. Er wirft eine Münze und wünscht sich etwas. Als sie ebenfalls ihre Münze werfen will, bückt sie sich etwas zu weit vor und fällt platschend in den Brunnen.
Er: „Verdammt, das funktioniert ja wirklich!"

•••••

Zwei Mädchen unterhalten sich. Die eine: „Großvater hatte schon ganz recht, als er mich vor dem Besuch der Tabledance-Bar warnte, weil es da Dinge gibt, die ich nicht sehen soll."
„Und was hast du gesehen?"
„Großvater."

•••••

Was ist der Unterschied zwischen Schweinen und Männern? Betrunkene Schweine verwandeln sich nicht in Männer.

•••••

„Ich rede seit drei Jahren nicht mehr mit meiner Frau!"
„Warum das denn?"
„Ich will sie nicht unterbrechen!"

•••••

„Hast du deiner Frau schon mal so richtig die Meinung gesagt?"
„Klar, willst du die Narbe sehen?"

•••••

Zwei Betrunkene beschließen, das letzte Bier zuhause zu trinken. Vor der Haustür ermahnt der eine den anderen: „Sei bloß leise, meine Frau schläft bestimmt schon." Leise schleichen sie sich in die Wohnung, und während der eine in die Küche geht, wirft der andere einen verstohlenen Blick ins Schlafzimmer. Völlig verstört läuft er in die Küche und sagt: „Bei deiner Frau im Bett liegt ein fremder Mann!"
„Psst! Sei leise, wir haben nur zwei Bier!"

•••••

„Schatz, lass uns diese Jahr Urlaub auf den Malediven machen!"
„Aber wir müssen doch an unsere Schulden denken!"
„Aber das können wir doch auch auf den Malediven!"

•••••

Die Frau zeigt dem Arzt ihren mit Striemen und blauen Flecken übersäten Körper.
„Wer war das denn?", fragt der Arzt entsetzt.
„Mein Mann!"
„Aber ich dachte, der sei auf einer Dienstreise?"
„Ja, das dachte ich auch!"

•••••

Der Mathematikprofessor fragt nach dem anzuwendenden Rechenweg – völlige Stille.
Eine Stimme aus der letzte Reihe:
„Ich kaufe ein ‚E'!"

*****

Jesus am Kreuz. Plötzlich ruft er: „Petrus, Petrus!" Petrus eilt zu seinem Herrn, doch die Römer lassen ihn nicht durch und hacken ihm zur Strafe beide Arme ab. Und wieder ruft Jesus: „Petrus, Petrus!" Erneut versucht Petrus, zu ihm zu gelangen und die Römer halten ihn auf. Sie hacken ihm beide Beine ab, haben aber Mitleid, als er jammert: „Ich muss zu meinem Herrn, ich muss zu meinem Herrn!" und tragen ihn zu Jesus.
Petrus: „Hier bin ich, Herr, was verlangst du von mir?"
Jesus: „Von hier oben kann ich dein Haus sehen!"

*****

Warum kommen Babies nackt auf die Welt?
Weil die Gebärmutter nicht stricken kann.

*****

Ein Mann hört in einer öffentlichen Toilette ein lautes Stöhnen.
Besorgt fragt er: „Ist da jemand?"
„Im Gegenteil!"

*****

Der Pfarrer: „Und von nun an seid ihr Mann und Frau!"
Der Bräutigam: „Ach was! Und was waren wir vorher?"

*****

„Liebling, diesen oder keinen!" sagt die junge Frau vor dem Hutladen.
„Einverstanden, Schatz – keinen" erwidert er.

*****

Was erhält man, wenn man einen Mann mit einem Schwein kreuzt?
Es gibt Sachen, die sogar Schweine nicht mit sich machen lassen.

*****

Warum kochen Männer nicht?
Es gibt kein Steak, das in den Toaster passt.

*****

Haben Sie schon mal getrennt Urlaub gemacht?
„Ja, vor fünf Jahren?"
„Und, wie war's?"
„Hat mir gut gefallen."
„Und Ihrem Mann?"
„Keine Ahnung, der ist noch nicht zurück."

*****

Im Regierungsviertel wird ein Mann von einem maskierten Räuber überfallen und mit einer Pistole bedroht: „Überfall! Gib mir dein Geld und zwar zackig!"
Der Mann reagiert empört: „Das dürfen Sie nicht machen! Ich bin Bundestagsabgeordneter!"
„Ach, wenn das so ist", sagt der Räuber, „dann gib mir mein Geld!"

•••••

Ein Mann sitzt im Flugzeug neben einem kleinen Mädchen. Er sagt: „Wollen wir ein wenig miteinander plaudern? Dann geht der Flug viel schneller vorbei."
Das kleine Mädchen schließt sein Buch und sagt: „Worüber möchten Sie denn gerne reden?"
„Vielleicht über Atomstrom?"
„Das ist ein interessantes Thema", sagt sie, „aber erlauben Sie mir zuerst eine Frage: Ein Pferd und eine Kuh essen Gras. Aber die Kuh macht einen flachen Fladen und das Pferd produziert Klumpen. Warum denken Sie, ist das so?"
Der Fremde denkt darüber nach und sagt: „Ich habe keine Ahnung."
Darauf das kleine Mädchen: „Möchten sie wirklich mit mir über Atomstrom zu reden, wenn Sie nicht einmal über Scheiße Bescheid wissen?"

•••••

Eine Frau kauft sich eine Perücke, schminkt sich und geht abends ihrem Mann entgegen. An einer Ecke posiert sie und als er vorbeikommt flötet sie: „Na, Süßer, wie wär's denn mit uns?"
Er schaut nur kurz auf uns sagt: „Hau bloß ab, du alte Schnalle! Du erinnerst mich viel zu sehr an meine Alte!"

•••••

„Früher wohnte meine Schwiegermutter nur einen Steinwurf entfernt."
„Warum ist sie denn weggezogen?"
„Ich hab sie wohl zu oft getroffen!"

•••••

Ich war auf der Beerdigung des Papstes. Sehr beliebt scheint der aber nicht gewesen zu sein, ich war der einzige, der geklatscht hat.

•••••

Der Papst hat als Frau verkleidet eine Bank in Rom überfallen. Woher weiß man, dass es der Papst war, wenn er doch verkleidet war? Die Lippenstiftspuren auf dem Teppich haben ihn verraten!

•••••

Der Pfarrer sitzt im Beichtstuhl. Nebenan nimmt jemand Platz Der Pfarrer wartet – nichts. Der Pfarrer klopft an die Trennwand – keine Reaktion.
Der Pfarrer wartet und klopft ein zweites Mal – wieder keine Reaktion.
Nach dem dritten Klopfen kommt es von drüben:
„Du brauchst nicht zu klopfen, hier ist auch kein Papier."

•••••

Ein kinderloses Ehepaar bittet den Pfarrer um Rat. Der empfiehlt ihnen, eine Wallfahrt nach Lourdes zu machen und in der Kirche dort eine Kerze aufzustellen. Einige Jahre später besucht er seine Schäfchen, um nach dem Rechten zu sehen. An der Tür empfängt ihn eine riesige Kinderschar. „Kinder, sind eure Eltern denn nicht zuhause?", fragt der Pfarrer verwundert.
„Nein, die machen eine Wallfahrt nach Lourdes", antwortet ihm der Älteste, „die wollen dort eine Kerze ausblasen!"

•••••

Ein Priester kommt in den Himmel. Am ersten Abend bringt ihm Petrus höchstpersönlich sein Essen – ein Wurstbrot und ein Glas Wasser. Der Priester ist einfache Kost gewohnt und macht einen kleinen Abstecher in die Hölle, während er an seinem Brot kaut. Dort isst man gerade ein Spanferkel mit den feinsten Beilagen. Am nächsten Abend bringt Petrus ihm erneut ein Wurstbrot – und in der Hölle schlemmen alle einen leckeren Wildbraten. Am dritten Abend nimmt der Priester erneut sein Wurstbrot mit in die Hölle; dort gibt es ein Buffett, unter dem sich die Tische biegen!
Da geht der Priester zu Petrus und sagt: „Hör mal – hier im Himmel gibt es nur Wurstbrot mit Wasser, während in der Hölle gefressen und geschlemmt wird – was ist hier los?"
Petrus winkt ab: „Ja glaubst du Idiot denn wirklich, für uns beide koche ich warm?"

•••••

In New York wird alle 3 Minuten ein Mann überfahren.
Ach Gott, der Ärmste!

•••••

Die Sonne fragt den Mond: „Warum bist du nur so blass?"
„Weil ich immer Nachtschicht habe!"

•••••

Alte Eskimo-Weisheit: niemals den gelben Schnee lutschen!

*****

Telefonieren zwei Informatiker:
„Und wie ist das Wetter bei euch so?"
„Caps-Lock."
„Hä?"
„Shift ohne Ende."

*****

Was macht man, wenn die Schwiegermutter auf einen zutaumelt? Durchladen und nochmal abdrücken!

*****

Was liegt am Strand und hat einen Sprachfehler?
Eine Nuschel.

*****

Was ist braun und taucht?
Ein U-Brot.

*****

Ein Betrunkener ruft auf der Wache an:
„Ich habe eben einen Dinosaurier überfahren!"
„Sie haben was?"
„Ich habe einen Dinosaurier überfahren!"
„Dinosaurier sind ausgestorben!"
Der Mann fängt an zu weinen: „Das habe ich nicht gewollt!"

*****

Der Gast an der Bar trinkt aus und ruft laut: „Frohes Fest!"
Der Wirt kopfschüttelnd: „Weihnachten ist schon lange vorbei."
Der Gast: „Verdammt, so verspätet habe ich mich noch nie!"

*****

„Papa, warum hast du eigentlich Mama geheiratet?"
„Siehst du, Martha, nicht einmal das Kind kann es begreifen!"

*****

Ein Mann liegt auf der Intensivstation; überall Schläuche und Kabel. Als ihn der Pfarrer besucht, fängt der Mann plötzlich zu röcheln an. Da er nicht sprechen kann, gestikuliert er nach einem Stift. Der Pfarrer reicht ihm seinen Kuli, der Mann kritzelt wie wild, röchelt ein letztes Mal und stirbt. Der Pfarrer steckt den Zettel mit den letzten Worten ein und überreicht ihn der Witwe. Die wirft einen Blick auf den Zettel und fällt in Ohnmacht. Auf dem Zettel steht: „Du stehst auf meinem Schlauch, du Vollidiot!"

*****

Die Frau eines Händlers wird bei einer Kreuzfahrt über Bord gespült. Einige Monate später erhält er ein Telegramm. „Leiche Ihrer Frau auf Hawaii an Land gespült – voller Muscheln und Austern, Perlen 500.000 Euro wert – was sollen wir tun?"
Antwort: „Perlen verkaufen – Geld schicken – Köder wieder auslegen!"

•••••

„Schatz, hier sammelt jemand für das neue Altersheim!"
„Prima, gib' ihm deine Mutter mit!"

•••••

Zwei Jungs spielen mit Opas Schrotflinte: der eine schaut in den Lauf, der andere fummelt am Abzug. Peng! Ein Schuss löst sich und der Junge vor dem Lauf hat ein riesiges Loch im Schädel. Meint der andere: „Mensch, jetzt guck' doch nicht so, ich hab' mich doch auch erschreckt!"

•••••

Im Schuhgeschäft:
„Ich brauche ein Paar Schuhe mit flachem Absatz."
„Welche Farbe sollen sie denn haben?"
„Das ist völlig egal!"
„Und wozu wollen sie die Schuhe tragen?"
„Zu einem kleinen dicken Millionär!"

•••••

Sitzen zwei Männer auf einer Parkbank. Kommt ein Wanderer vorbei und fragt nach dem Weg zum Bahnhof – keine Reaktion. Der Mann wiederholt seine Frage auf Englisch – nichts passiert.
Der Mann versucht es auf Französisch, Spanisch und Russisch – wieder keine Antwort. Der Mann radebrecht seine Frage auf Polnisch, Lettisch, Schwedisch und Italienisch – keine Antwort. Frustriert geht der Wanderer weiter. Sagt der eine der Männer: „Hast du das gehört! Der Kerl konnte neun Sprachen!"
„Und? Was hat's ihm genutzt?"

•••••

Ein Besoffener trifft an der Schießbude und gewinnt eine kleine lebende Schildkröte. Eine halbe Stunde später kommt er erneut zur Bude, schießt und trifft wieder. Der Gewinn: noch eine lebende Schildkröte. Als er wieder eine halbe Stunde später, noch betrunkener, den Hauptgewinn trifft, gibt im der Schausteller einen riesigen Stoffteddy.
Meint der Mann: „Wenn's geht, hätte ich lieber wieder so'n Fischbrötchen!"

•••••

„Mama, Mama, darf ich mit Papa schaukeln?"
„Nein, mein Kind, der bleibt hängen, bis die Polizei hier ist!"

•••••

Ein völlig betrunkener Mann sitzt im Halbschlaf an der Theke vor seinem Essen. Ein hungriger Bettler denkt sich: „Ich schnapp' mir das Essen von dem Besoffenen, der merkt sowieso nichts mehr." Gesagt, getan, er isst den Teller leer und verschwindet. Einige Minuten später wacht der Besoffene auf, erblickt seinen leeren Teller und wundert sich: „So weit war ich doch schon mal?"

Ein Betrunkener stürzt in die Bar: „Eine Gabel, eine Gabel!" Der Wirt reicht ihm verwundert eine Gabel und der Mann hastet nach draußen. Kurz darauf stürzt ein zweiter Betrunkener in die Bar: „Schnell, schnell, eine Gabel!" Er bekommt seine Gabel und rennt zur Tür hinaus. Kurz drauf kommt ein dritter Betrunkener in die Bar gerannt: „Ein Löffel, ein Löffel!"
Der Wirt: „Du bekommst deinen Löffel nur, wenn du mir sagst, was da draußen los ist!"
„Da hat einer ganz fürchterlich gekotzt!"
„Ja und?"
„Die Bröckchen sind alle schon weg!"

„Wenn du mein Mann wärest, würde ich dir Gift in den Kaffee mischen!"
„Und wenn du meine Frau wärest, würde ich ihn trinken!"

Zwei Freunde unterhalten sich. Der eine erzählt: „Meiner Frau wurde vor zwei Wochen ihre Kreditkarte gestohlen!"
„Und da kannst du noch so lachen?"
„Der Dieb gibt viel weniger aus als sie!"

Gott schuf den Mann, und sah, dass es gut war. Dann schuf er die Frau, aber er war mit sich selbst nicht so recht zufrieden. Er probierte und probierte, aber nach einiger Zeit gab er auf und murmelte: „Naja, ihr müsst euch halt schminken!"

„Welchen Wein können Sie mir für meine Silberhochzeit empfehlen?"
„Das kommt ganz darauf an – wollen Sie feiern oder vergessen?"

Ein Ehepaar im Restaurant. Sie verschüttet versehentlich die ganze Suppe über ihr Kleid: „Verdammt, ich sehe ja aus wie eine Wildsau!"
„Und außerdem hast du auch noch die Suppe verschüttet."

Ein Mann in der Kneipe trinkt einen nach dem anderen. Nach dem zwanzigsten Bier meint er: „Verdammt, was mich diese Frau ein Geld kostet!"

Sie zu ihm: „Schatz, was gefällt dir am besten an mir? Mein perfekter Körper oder mein schönes Gesicht?"
Er: „Dein Sinn für Humor!"

•••••

Verheiratete können sich die Probleme teilen, die sie alleine nicht hätten.

•••••

Der Lehrer will wissen: „Kinder, wieso nennt man unsere Sprache auch die Muttersprache?"
„Weil Vati nie zu Wort kommt!"

•••••

„Wenn man eine Justin-Bieber-CD rückwärts abspielt, hört man die Worte des Höllenfürsten!"
„Viel schlimmer, wenn man sie vorwärts laufen lässt, hört man Justin Bieber!"

•••••

Sagt der Jäger zu seinem Kollegen: „Sag mal, wie hast du eigentlich gemerkt, dass du nicht auf einen Hirsch geschossen hast?"
„Er hat zurückgeschossen!"

•••••

Der Radfahrer fährt genau vor der Straßenbahn Schlangenlinien. Die Bahn kommt nicht voran und der Fahrer verliert die Geduld. „He, du Vollidiot, kannst du denn nicht woanders fahren?", brüllt er aus dem Fenster.
Darauf der Radfahrer lächelnd: „Ich schon ...!"

•••••

Ein Betrunkener steigt in die Straßenbahn ein, wankt zu einem Fahrgast und erbricht sich geräuschvoll über ihn. Der Fahrgast brüllt: „Verdammt, du Sau!"
Der Betrunkene: „Na, sehen Sie sich doch mal selbst an!"

•••••

Jesus kommt bei der Steinigung einer Frau vorbei. Sofort geht er dazwischen, hilft der Frau auf und ermahnt die Menge: „Wer hier ohne Sünde ist, der werfe den ersten Stein!" Ein Kiesel trifft ihn am Hinterkopf. Ohne sich umzudrehen sagt Jesus: „Du hältst dich heraus, Mutter!"

•••••

Zwei Männer im Theater. Der eine erwartungsvoll: „Gleich kommt der große Monolog."
„Na, hoffentlich setzt er sich nicht vor mich."

•••••

„Mama, schau mal, der Mann isst seine Suppe mit der Gabel!"
„Sei still!"
„Und jetzt trinkt er aus der Blumenvase!"
„Du sollst doch still sein!"
„Aber Mami, jetzt isst er die Serviette!"
„Dann gib' ihm doch endlich seine Brille zurück!"

•••••

Der Mann beschwert sich im Baumarkt: „Letzte Woche habe ich hier diese Motorsäge gekauft, aber die taugt nichts. Damit schafft man am Tag allerhöchstens zwei Bäume!" Der Verkäufer untersucht die Säge genauestens und zieht den Starter. Der Mann: „Was ist das denn für ein Geräusch?"

•••••

„So, und jetzt unterschreiben Sie mal das Protokoll hier!"
„Es tut mir leid, Herr Wachtmeister, aber ich bin Analphabet!"
„Ihre Religion tut hier nichts zur Sache!"

•••••

Eine Bank wird zum dritten Mal vom selben Bankräuber überfallen. Der Polizist fragt den Kassierer: „Ist Ihnen irgend etwas an dem Mann aufgefallen?"
„Ja, er war von Mal zu Mal besser gekleidet!"

•••••

Ein zum Tode Verurteilter muss bei strömendem Regen zum Galgen laufen: „Was für ein Sauwetter!" Daraufhin der Henker: „Was soll ich denn sagen, ich muss den ganzen Weg auch noch zurücklaufen."

•••••

Ein Schäfer steht bei seiner Herde. Da hält ein teurer Wagen an und ein gut gekleideter Herr steigt aus. „Ich mache Ihnen ein Angebot. Ich sage Ihnen, wieviele Schafe Sie haben und dafür bekomme ich ein Schaf."
Noch bevor der Schäfer antworten kann, öffnet der Herr seinen Laptop, rechnet 10 Minuten und sagt: „Sie haben 178 Schafe." Der Schäfer nickt, der Herr schnappt sich ein Schaf und will gehen.
„Halt!", sagt der Schäfer. „Geben Sie mir eine Chance: Wenn ich Ihnen sage, was Sie von Beruf sind, kriege ich es zurück."
Der Herr nickt und sofort sagt der Schäfer: „Sie sind Unternehmensberater!"
Verblüfft nickt der Mann. „Woher wissen Sie das?" „Ganz einfach: Sie kommen an, ohne dass Sie jemand gerufen hat. Sie drängen mir eine Dienstleistung auf, ohne dass ich sie wollte. Sie verlangen sehr viel für eine Sache, die ich sowieso schon weiß. Und dann haben Sie von dem, was Sie tun, nicht die geringste Ahnung. So, und nun geben Sie mir meinen Hund wieder!"

•••••

„Fliegen Sie doch bitte etwas ruhiger!", ruft der Flugschüler in der ersten Stunde, als der Mann am Steuer das Flugzeug sehr unsicher lenkt. „Wollen Sie mir etwa gleich in meiner ersten Flugstunde Angst einjagen?"
Daraufhin kreischt der Mann am Steuerknüppel: „Mist, ich dachte Sie wären der Fluglehrer, der mir heute den Landeanflug beibringen wollte!"

•••••

Wer hat den Triathlon erfunden?
Die Polen: Zu Fuß ins Schwimmbad und mit dem Fahrrad zurück.

•••••

Ein Computerfreak sieht am Wegesrand einen Frosch. Da sagt der Frosch: „Oh, küsse mich, ich bin eine verwunschene Prinzessin!"
Der Freak steckt den Frosch ein und geht weiter. Ruft der Frosch aus der Hosentasche: „Hast du nicht gehört, du sollst mich küssen. Ich bin eine Prinzessin."
Darauf der Freak: „Jetzt mal halb lang! Für eine Freundin habe ich sowieso keine Zeit, aber ein sprechender Frosch, das ist cool!"

•••••

Eine Blondine verursacht einen Autounfall.
Brüllt der geschädigte Fahrer: „Haben sie denn überhaupt eine Fahrprüfung gemacht?"
Die Blondine beleidigt: „Bestimmt öfter als sie!"

•••••

Warum öffnen Blondinen eine Verpackung schon im Geschäft?
Weil da steht: „Hier öffnen!"

•••••

Eine Blondine zur anderen: „Hast du gesehen, dass Heiligabend dieses Jahr auf einen Freitag fällt?"
Sagt die andere: „Hoffentlich ist es nicht auch noch der 13te!"

•••••

Eine Frau wird von der Polizei gestoppt.
„Allgemeine Verkehrskontrolle. Ihre Bremsen sind defekt. Das macht 30 Euro!"
„Klasse! In der Werkstatt wollten sie dafür 400 haben."

•••••

Walter wird nach 12 Jahren aus der Bundeswehr entlassen. Seine Frau holt ihn ab und sie nehmen sich an Ort und Stelle ein Hotelzimmer. Nach dem Sex schlafen sie ein. Plötzlich schreckt Walter hoch: „Mist, dein Mann kommt!" Sagt sie im Halfschlaf: „Aber der ist doch beim Bund!"

•••••

Der Ehemann soll einkaufen gehen. „Bei dem Wetter schickt man doch keinen Hund vor die Tür!".
Meint sie: „Ich habe ja auch nicht gesagt, dass du den Hund mitnehmen sollst!"

•••••

Kommt der Ehemann betrunken nach Hause und sieht seine Frau nackt im Zimmer.
„Was ist los?", will er wissen.
„Ich habe das Kleid der Liebe an!", erwidert sie.
Schaut der Mann noch mal hin und meint dann: „Das müsste aber mal gebügelt werden!"

•••••

Eine Bäuerin wird zu Grabe getragen. Ein schwerer Reitunfall. Ein Freund des Mannes beobachtet die Beerdigung und wundert sich. Wenn die Frauen dem Bauer kondolieren, nickt er. Doch bei den Männern schüttelt er den Kopf. Später fragt ihn der Freund danach. „Ach", sagt der Witwer, „das ist schnell erklärt. Die Frauen haben mir alle ihr Beileid ausgedrückt und die Männer haben mich gefragt, ob ich das Pferd noch habe."

•••••

Gott hat Adam erschaffen und sieht, dass er sehr einsam ist. Da sagt er zu ihm: „Wenn du mir deinen rechten Arm gibst, erschaffe ich für dich eine ganz liebe, bildhübsche, immer treue und sehr arbeitsame Frau."
Aber Adam will den rechten Arm behalten.
„Na gut", meint Gott. „Wenn du mir den linken Arm gibst, erschaffe ich dir eine nicht mehr ganz so hübsche, nicht mehr ganz so liebe, nicht mehr ..."
Unterbricht ihn Adam: „Was bekomme ich für eine Rippe?"

•••••

Eine Frau in einem in der Gartenabteilung eines Kaufhauses: „Haben Sie Rattengift?"
„Natürlich", antwortet der Verkäufer, „wie viel brauchen Sie denn?"
„Für vier Personen."

•••••

Die Nachbarin klingelt: „Darf ich mir mal Ihr Nudelholz leihen?"
„Nein, das brauche ich heute selber. Mein Mann ist auch noch nicht aus der Kneipe zurück!"

•••••

„War dein Autounfall eigentlich so schlimm, dass du immer noch an Krücken gehen musst?"
„Da gehen die Meinungen sehr weit auseinander. Mein Anwalt sagt ja, mein Arzt nein."

•••••

Der Richter: „Angeklagter, es ist uns nicht möglich, Ihnen den Banküberfall nachzuweisen. Daher werden Sie freigesprochen!"
„Klasse!", jubelt der Angeklagte. „Darf ich das ganze Geld auch behalten?"

•••••

Der Pfarrer fragt den kleinen Jungen: „Sprichst du auch wirklich jeden Abend ein Gebet?"
„Das brauche ich gar nicht, das macht meine Mama für mich."
„Und was für ein Gebet spricht sie?"
„Gott sei Dank bist du nun endlich im Bett!"

•••••

Beim Abendessen sagt der Vater zum Sohn: „Du isst wirklich wie ein Ferkel! Weißt du, was ein Ferkel ist?"
„Ja, Papa, das ist das Kind von einem großen Schwein!"

•••••

Zwei angetrunkene Männer trinken am hellichten Tag gepanschten Schnaps. Sagt der eine: „Lass uns schnell noch einen trinken, es wird schon dunkel."

•••••

Beim Busausflug einer Rentnergruppe bekommt der Busfahrer während der Fahrt von einer Oma eine Schale Nüsse angeboten. Der Busfahrer bedankt sich und knabbert sie auf. Kurz darauf kommt die Oma wieder mit einer vollen Schale.
„Wo haben Sie denn die ganzen Nüsse her?", wundert sich der Busfahrer.
„Ach wissen Sie, wie essen hinten Nussschokolade, aber wir können die Dinger nicht mehr kauen!"

•••••

„Herr Lehrer, was haben Sie unter meine Klassenarbeit geschrieben?"
„Du musst deutlicher schreiben."

•••••

Ein Wanderer auf dem Land wird vom Durst geplagt und will deshalb aus einem kleinen Bach trinken. Ein Bauer, der gerade vorbeifährt ruft: „Det darfscht net trinke, det is verseicht."
Antwortet der der Politiker: „Leider habe ich nicht verstanden, was Sie zu mir gesagt haben. Ich bin Politiker und komme aus der Großstadt Berlin."
Darauf der Bauer in bestem Hochdeutsch: „Trinken Sie langsam, das Wasser ist kalt!"

•••••

Trifft ein Mann in der Kneipe seinen besten Freund.
„Was ist denn mit dir los? Du bist ja völlig betrunken", will er wissen.
„Ach weißt du, ich hatte Streit mit meiner Frau und sie sagte, dass sie einen ganzen Monat nicht mehr mit mir reden will."
„Na, da gibt es doch Schlimmeres!", tröstet der Freund.
„Du verstehst mich nicht: Der Monat ist heute um!"

Ein Polizist sieht einen Jungen, der bitterlich weint. „Was ist denn los?"
„Meine Mutter ist dort drüben in die Jauchegrube gefallen!"
Der Polizist stürmt los und stürzt sich in die Jauche. Nach 10 Minuten kommt er wieder raus.
„Tut mir leid, mein Junge, aber ich kann deine Mutter nicht finden!"
„Na dann kann ich die blöde Schraube ja auch wegwerfen!"

„Mama, weißt du, warum Papa eine Glatze hat?"
„Weil er so viel nachdenkt!"
„Und warum hast du so viele Haare?"

Ein älterer Mann klopft ärgerlich mit seinem Stock auf den Boden, weil der junge Mann im Bus den Platz nicht freimachen will.
„Opa, wenn du einen Gummi an deinen Stock machen würdest, wäre er leiser!"
„Wenn dein Vater einen Gummi an seinen Stock gemacht hätte, könnte ich jetzt sitzen."

In einer vornehmen Bar kommt eine wunderschöne Frau aus der Toilette und nähert sich der Bar. Sie winkt den Barmann zu sich. „Sind Sie hier der Chef?", fragt sie und tätschelt ihm zärtlich die Wange.
„Eigentlich nicht", erwidert der Barmann. „Können Sie ihn holen?", fragt die Dame und lässt ihre Hand durch sein Haar gleiten. „Leider nein", seufzt der Barmann, dem die Situation außerordentlich gefällt.
„Können Sie dann etwas für mich tun? Ich möchte eine Nachricht für den Chef hinterlassen", sagt sie und lässt dabei einen, dann zwei Finger in seinen Mund gleiten, worauf er ganz sanft an ihnen lutscht.
„Worum geht's?", fragt der Barmann.
„Sagen Sie ihm doch bitte, dass es auf der Damentoilette weder Papier, noch Seife oder Handtücher gibt."

Es klingelt an der Tür. „Guten Tag, ich bin der Klavierstimmer."
„Aber ich habe Sie doch gar nicht bestellt!"
„Sie nicht, aber Ihre Nachbarn!"

*****

Ein Geländewagen fährt durch die Wüste und bleibt mit Motorschaden stehen.
Kommt ein weißes Kamel angelaufen, schaut unter die Motorhaube und repariert den Schaden.
Der Fahrer schaut dem Kamel ungläubig zu. Nachdem der Wagen wieder läuft, fährt der Mann sofort zur nächsten Oase, stürzt in die nächste Bar und erzählte dem Wirt den Vorfall.
Der Wirt: „Da haben Sie aber Glück gehabt, hier läuft auch ein schwarzes Kamel herum, das hat aber überhaupt keine Ahnung von Autos."

*****

Was ist ein Keks unter dem Weihnachtsbaum?
Ein schattiges Plätzchen.

*****

Das Kind sitzt in der Badewanne, die Mutter kommt rein: „Mama, wo ist denn der Waschlappen?"
„Ach, der ist nur mal kurz runter, Zigaretten kaufen!"

*****

Maria und Josef stehen in Bethlehem vor einer Herberge und bitten um Quartier. Der Wirt: „Wir haben hier kein Zimmer mehr frei." Josef: „Ja, seht Ihr denn nicht, dass mein Weib schwanger ist?" Wirt: „Dafür kann ich doch nichts." Josef: „Ich vielleicht?"

*****

Schafft Weihnachten ab!
Josef hat alles zugegeben!

*****

Woran erkennen sie, dass Ihr Reisebüro nicht die ganze Wahrheit gesagt hat?
Auf der ganzen Insel gibt es nur einen einzigen weiteren Touristen, und der heißt „Freitag".

*****

„Papa, wann ist man betrunken?"
Antwortet der Vater: „Besoffen ist man zum Beispiel, wenn man statt der zwei Männer dort auf der anderen Straßenseite vier Männer sieht."
„Aber Papa, da steht doch nur ein Mann."

*****

„Ich frage dich jetzt zum letzten Mal: Wann gibst du mir endlich meine hundert Euro zurück?"
„Na endlich hört mal diese ewige Fragerei auf!"

*****

„Gestern war ich in der Kirche, da habe ich einen Mann gesehen, der hat dort geraucht!"
„Nein, wirklich?"
„Ja, und mir ist doch glatt vor Schreck das Bier aus der Hand gefallen!"

*****

Die 18-jährige Tochter hat per Chiffre-Anzeige einen Freizeitpartner gesucht und viele Zuschriften erhalten. „Wie schön!", freut sich die Mutter. „Ja, das finde ich auch klasse, Mama!", lacht die Tochter. „Sogar Papa hat mir geschrieben."

*****

„Papa, warum ist die Giraffe so groß?"
„Keine Ahnung."
„Papi, warum hat der Elefant einen Rüssel?"
„Das weiß ich nicht!"
„Papa, stören dich meine Fragen?"
„Nein, nein, frag nur weiter, sonst lernst du ja nichts."

*****

Zur Freundin: „Ich muss höllisch aufpassen, dass ich kein Kind kriege!" Die Freundin darauf: „Wieso, ich denke, dein Mann ist jetzt sterilisiert?" „Eben!"

*****

Der kleine Sohn: „Gehst du heute mit mir in den Zirkus?"
„Nein", sagt der Vater, ich muss heute arbeiten und Geld verdienen, damit wir uns schöne Sachen kaufen können."
„Aber", meint Peter, „da reitet eine nackte Frau auf einem Tiger!"
Der Vater überlegt und meint dann: „Na gut, dann komm ich eben mit, ich habe schon lange keinen Tiger mehr gesehen."

*****

Treffen sich zwei Voyeure. Fragt der eine: „Na, was machst du morgen?" Sagt der andere: „Mal gucken."

*****

Die Kuh eines Ostfriesen ist krank. Besorgt fragt er den Nachbarn: „Was hast du denn damals deiner Kuh gegeben, als sie so krank war?" „Ich habe der Kuh damals Salmiak-Geist gegeben", sagt der Nachbar. Gesagt, getan. Als der Bauer eine Woche später seinen Nachbarn trifft, trauert er: „Meine Kuh ist tot." Darauf der Nachbar: „Meine damals auch."

*****

„Papa, wenn du mir 10 Euro gibst, erzähle ich dir, was der Postbote immer zu Mami sagt."
„Hier sind die 10 Euro. Ich höre!"
„Guten Morgen Frau Müller, hier ist Ihre Post."

*****

Im Krankenhaus sagt der Patient zur hübschen Schwester: „Ich habe Sie so gerne, ich möchte nie mehr gesund werden."
„Das können wir machen. Mein Mann hat gesehen, wie Sie mich gestern geküsst haben."
„Na und", wundert sich der Patient.
„Mein Mann ist Arzt und wird Sie morgen operieren."

•••••

Mutter blättert im Familienalbum. Kommt die Tochter und wirft auch einen Blick auf die alten Fotos. „Wer ist denn der schlanke, junge Mann mit dem Wuschelkopf?"
„Aber Junge, das ist doch dein Papa!"
„Aha, und wer ist dann der Dicke mit der Glatze, der bei uns wohnt?"

•••••

Ein schwarz gekleideter Mann klopft an die Himmelstür. Petrus öffnet und fragt: „Bist du jemals ungerecht gewesen?"
„Ich bin Fußballschiedsrichter", sagt der Mann, „Ich habe einmal, bei einem Spiel Italien gegen England, Italien einen Elfmeter zugesprochen. Das war falsch."
„Wie lange ist das denn schon her?", will Petrus wissen.
„Ungefähr eine Minute!"

•••••

Erzählt sie ihrer Freundin: „Gestern Abend ist mein Chef über mich hergefallen!"
„Hast du dich denn nicht gewehrt?"
„Das ging nicht. Mein Nagellack war noch nicht trocken!"

•••••

Der Kunstlehrer sammelt die von den Schülern gemalten Bilder ein. Ein Schüler gibt ein leeres Blatt Papier ab.
Lehrer: „Was soll das sein?"
Schüler: „Das ist eine Kuh, die Gras frisst."
Lehrer: „Und wo ist das Gras?"
Schüler: „Die Kuh hat schon alles aufgefressen."
Lehrer: „Wo ist die Kuh?"
Schüler: „Die ist weggegangen, weil das Gras alle war."

•••••

„Haben Sie mal drei Sekunden Zeit?", fragt ein Spieler nach Spielschluss den Schiedsrichter. Dieser nickt. „Dann erzählen Sie mir doch mal alles, was Sie über Fußball wissen."

•••••

„Der Weg von der Kabine zum Ring ist aber weit!", beschwert sich der Boxer. „Das kann dir doch egal sein", sagt sein Trainer, „zurück wirst du ja meist getragen."

•••••

Ein Mann erwacht im Krankenhaus aus dem Koma. Am Bett steht ein Arzt und fragt: „Schwere Knochenbrüche, Blutergüsse auf dem ganzen Körper, ein Milzriss. Was ist Ihnen denn passiert?"
Der Mann: „Ich war mit meiner Frau Golf spielen. Dabei haben wir beide unseren Ball auf eine benachbarte Kuhweide geschlagen. Ich ging rüber und suchte die Bälle. Im Hintern einer Kuh sah ich etwas Weißes. Ich gehe also hin, hebe den Schwanz der Kuh hoch und sehe im Arsch des Tieres den Golfball mit dem Monogramm meiner Frau. Ich dreh mich um, immer noch den Kuhschwanz hochhaltend, und rufe ihr zu: ,Der hier sieht aus wie deiner!' Was dann passierte, weiß ich nicht mehr."

Ein Fallschirmspringer springt aus dem Flugzeug. Als sich in 2000 Metern Höhe der Schirm nicht öffnet, wird er nervös. Bei 1000 Metern bekommt er allmählich Angst. In 500 Meter Höhe packt ihn die schiere Verzweiflung. Als es gerade noch 10 Meter sind, meint er lässig: „Alles halb so wild. Das kleine Stück schaffe ich auch ohne Fallschirm."

Ein Arzt, ein Bau-Ingenieur und ein Politiker streiten sich, was wohl der erste Beruf der Welt gewesen sei.
Der Arzt: „Die Mediziner gab es zuerst! Als der Herr den Mann erschaffen hatte, wurde dem eine Rippe entnommen, um daraus das Weib zu schaffen. Das ist die Arbeit eines Mediziners!"
Sagt der Bau-Ingenieur: „In der Bibel heißt es, dass der Herr zunächst ein Chaos vorfand, das er zu ordnen hatte, um daraus Sonne, Mond und Sterne zu schaffen und die Welt zu bauen. Ohne einen Bau-Ingenieur hätte er das nie schaffen können!"
Daraufhin meint darauf der Politiker:
„Was meint ihr wohl, wer zunächst einmal für dieses Chaos verantwortlich war?"

Ein Mann liegt im Krankenhaus, alle möglichen Knochen gebrochen.
Sein Nachbar fragt ihn: „Was haben Sie denn gemacht?"
„Ich bin Bärenjäger."
„Und? Was ist passiert?"
„Ich stand vor einer kleinen Höhle, aber der Bär, der herauskam war zu klein, den habe ich laufen lassen!
Dann bin ich zu einer mittelgroßen Höhle: Da kam ein mittelgroßer Bär, aber immer noch zu klein!
Dann bin ich zu einer großen Höhle."
„Und dann?"
„Dann kam der D-Zug."

Ein Projektmanager, ein Handwerker und ein Informatiker machen einen Autoausflug. Als sie gerade einen steilen Berg hinunterfahren, versagen plötzlich die Bremsen. Das Auto kommt von der Straße ab und stürzt in den Graben. Etwas benommen steigen die drei aus. Da sagt der Projektmanager: „Am besten machen wir mal ein Meeting und checken die Lage." Darauf der Handwerker: „Ach was, ich hab einen Schraubenzieher dabei, damit repariere ich die Bremsen." Kommt der Informatiker und sagt: „Warum so kompliziert, wir schieben die Karre wieder den Berg hinauf, steigen ein und schauen, ob es noch einmal passiert."

•••••

Eine sehr attraktive junge Dame kommt in die Apotheke und sieht in der Ecke eine Waage stehen. Sie verlangt einen Groschen, wiegt sich und schreit entsetzt auf. Rasch verlangt sie noch einen Groschen, legt Mantel und Hut ab und wiegt sich von neuem. Sie zieht Schuhe und Pullover aus, nimmt den nächsten Groschen und betritt abermals die Waage. Da kommt der Apotheker, stellt sich neben sie und sagt: „Machen Sie nur weiter, schönes Fräulein, ab jetzt geht es auf Kosten des Hauses."

•••••

Die Haushälterin kommt zur Dame des Hauses um eine Lohnerhöhung zu verlangen.
„Nun, Agatha, warum wollen Sie plötzlich eine Lohnerhöhung?"
„Gnädige Frau, dafür gibt es drei Gründe. Der erste ist, dass ich besser bügeln kann als Sie."
„Wer sagt das?"
„Ihr Mann hat das gesagt."
„Oh."
„Der zweite Grund ist, dass ich besser kochen kann als Sie."
„Nein! Wer sagt das?"
„Ihr Mann."
„Oh."
„Mein dritter Grund ist, dass ich eine bessere Liebhaberin bin als Sie."
„Hat das auch mein Mann gesagt?"
„Nein, gnä Frau, der Gärtner."
„Also gut, wie viel wollen Sie?"

•••••

„Liebling, wieso schaust du dir immer diese Kochsendungen im Fernsehen an, du kannst doch gar nicht kochen!"
„Du schaust dir doch auch immer Pornos an!"

•••••

Die letzten Worte des Ehemannes: „Wirklich? Gestern war unser Hochzeitstag?"

•••••

Ein Schotte kommt ins Pfandhaus und möchte einen Kredit über 100 Euro aufnehmen. Als Pfand bietet er seinen Rolls Royce. Der Pfandleiher findet die Sache zwar etwas seltsam, aber er lässt den Schotten das Auto in die Lagerhalle fahren. Einen Monat später will der Schotte sein Pfand auslösen. „Das macht 100 Euro und 5 Euro Zinsen," sagt der Pfandleiher, „Aber verraten Sie mir doch den Zweck der ganzen Aktion."
„Ich war vier Wochen im Urlaub – wo kann ich sonst für 5 Euro einen Monat lang parken?"

*****

Ein Ostfriese erzählt seinem Freund von seinem ersten Date: „Es war eine einzige Enttäuschung. Dabei fing alles so gut an! Wir saßen auf ihrer Bude, tranken etwas, plauderten angeregt über dieses und jenes. Aber plötzlich machte sie das Licht aus, zog sich aus und kroch ins Bett. Da habe ich natürlich gleich gemerkt, dass sie müde ist, und da bin ich halt nach Hause gegangen!"

*****

Politiker trinken selten Wein, denn im Wein liegt die Wahrheit.

*****

In der Schule. „Kinder, was würdet ihr machen, wenn ihr alleine im Wald seid und ein fremder Mann vor euch auftaucht?"
Die Kinder im Chor: „Wir laufen weg, Frau Lehrerin!"
Nur Hanna ist nicht einverstanden. „Hanna, was würdest du denn machen?"
Rita sagt: „Frau Lehrerin, ich würde stehen bleiben. Dann würde ich dem Mann die Hose öffnen und sie langsam runterziehen."
„Hanna!", die Lehrerin ist schockiert.
„Dann würde ich dem Mann die Unterhose runterziehen."
„Hanna!", die Lehrerin ist fassungslos.
„Dann würde ich langsam meinen Rock hochheben."
Die Lehrerin ist der Ohnmacht nahe.
„Und dann würde ich mal prüfen, wer schneller laufen kann!"

*****

Fragt die Tante beim Kaffeetisch: „Hilfst du auch immer schön deiner Mutter?"
Sagt Fritzchen: „Natürlich, ich muss immer die Silberlöffel zählen, wenn du gegangen bist!"

*****

Wie versenkt man ein U-Boot? – Klopfen. Irgendein Idiot wird schon aufmachen!

*****

„Mama, können Engel fliegen?"
„Ja, mein Kind, Engel können fliegen!"
„Aber Rita kann doch nicht fliegen?"
„Nein, Rita ist doch kein Engel, sondern unser Hausmädchen!"
„Aber Papa sagt immer zu ihr, sie sei ein süßer Engel!"
„Dann fliegt sie!"

*****

Zwei Jungen stehen vor dem Standesamt und betrachten gelangweilt ein frisch getrautes Paar. Sagt der eine, „Wollen wir die mal erschrecken?", läuft auf den Bräutigam zu und ruft: „Hallo, Papa!"

*****

Vater schaut in seine Brieftasche. „Der Junge hat Geld genommen!" Sagt seine Frau: „Wie kannst du das wissen?" Es könnte ja auch sein, dass ich es genommen habe." Vater schüttelt den Kopf. „Ausgeschlossen", entgegnet er, „es ist noch etwas drin."

*****

Ein Geschäft war erst dann ein gutes Geschäft, wenn man dem Finanzamt nachweisen kann, dass es kein Geschäft war.

*****

Ein Geist: „Ich bin ein Flaschengeist. Du hast mich befreit und hast jetzt einen Wunsch frei."
Der Mann überlegt: „Ich wollte immer schon mal nach Amerika. Aber ich habe Flugangst und werde auch leicht seekrank. Daher wünsche ich mir eine Brücke über den Atlantik!"
Der Geist: „Bist du verrückt? Weißt du wie lang so eine Brücke ist und wie hoch die Pfeiler sein müssen? Außerdem müssten überall Tankstellen errichtet werden. Zusätzlich gibt es Ärger mit den Behörden und Greenpeace; die Zeiten, als man als Geist noch jeden Mist machen konnte, sind vorbei. Denk dir was anderes aus!"
Der Mann: „Na gut, wenn das zu schwierig ist – dann möchte ich endlich mal die Frauen besser verstehen können."
Der Geist: „Äh, um nochmal auf die Brücke zurückzukommen: zweispurig oder vierspurig?"

*****

Der Chef der Feuerwehrwache kommt – beide Hände tief in die Hosentaschen gesteckt – ganz langsam in den Aufenthaltsraum seiner Männer. Nachdem er gemütlich einen Kaffee getrunken hat, sagt er: „Macht euch mal ganz langsam und sachte fertig – das Finanzamt brennt."

*****

Ein Ostfriese will im Baumarkt eine Leiter kaufen. Die beiden Verkäufer schlagen die Hände über dem Kopf zusammen und sagen sich: „Einfach so können wir dem keine Leiter verkaufen, wir müssen oben ein Stoppschild anbringen, sonst passiert noch was."
Am nächsten Tag sehen die beiden den Ostfriesen wieder, Kopf verbunden, Arme gebrochen. „Um Himmels Willen, was ist denn Ihnen passiert?"
„Ja", sagt der Ostfriese, „das war so: Ich klettere die Leiter rauf, oben kam ein Stoppschild. Ich sah nach links, dann nach rechts – Es kam nichts. Da bin ich losgegangen ..."

Ein afrikanischer Stammeshäuptling war auf Studienreise in England. Zurück in seiner afrikanischen Heimat, nimmt er gleich seinen Medizinmann beiseite: „In London gibt es viel bessere Zauberer. 20 bunt angezogene Männer laufen auf einem Platz einer Lederkugel hinterher und treten sie. Und nach zehn Minuten fängt es an zu regnen!"

Ein Mafia-Boss entdeckt, dass ihn sein Buchhalter um 1 Million betrogen hat.
Der Buchhalter ist taub. Die Idee war damals, dass ein tauber Buchhalter nichts mithören und deshalb vor Gericht keine Aussagen machen könnte.
Als sich der Boss den Buchhalter vornehmen will, bringt er seinen Anwalt mit, der die Zeichensprache beherrscht.
Der Boss lässt fragen, wo das Geld versteckt sei.
Der Anwalt stellt die Frage in Zeichensprache und der Buchhalter signalisiert zurück: „Ich weiß nicht, wovon Sie sprechen."
Der Anwalt antwortet dem Boss: „Er sagt, er weiß nicht, wovon Sie sprechen."
Da wird der Boss sauer und zieht eine Pistole, hält sie dem Buchhalter an den Kopf und sagt: „Frag ihn noch mal!"
Der Anwalt signalisiert dem Buchhalter: „Er wird dich umbringen, wenn du es nicht sagst."
Signalisiert der Buchhalter zurück: „Sie haben gewonnen, Chef. Das Geld Ist In dem großen Umschlag hinter dem Aktenschrank in meinem Büro."
Der Boss fragt seinen Anwalt: „Nun, was hat er gesagt."
Dieser antwortet: „Er sagt, Sie hätten nicht den Mumm, abzudrücken."

Die Ehefrau berichtet stolz ihrem Mann: „Die Kollegen in meiner neuen Stelle sind begeistert von meiner Figur".
Er antwortet: „Und über den fetten Arsch sagen sie nichts?"
„Nein, von dir hat niemand gesprochen."

•••••

Anruf bei der Polizei: „In meinem Zimmer tickt eine Bombe."
„Wir kommen – bleiben sie ruhig. Solange sie tickt, haben Sie nichts zu befürchten!"

•••••

Der Lehrer zu seinen Schülern: „Wusstet ihr eigentlich schon, dass bei jedem Atemzug den ich mache, ein Mensch stirbt?"
Darauf ein Schüler: „Haben Sie es schon mal mit Mundwasser versucht?"

•••••

Wird ein Mann in der Disco von einer Frau angesprochen: „Wenn du so weitersäufst, dann landest du bald bei mir im Bett."
„Du gehst aber ran", freut sich der Mann und bestellt noch ein Bier.
„Nein", sagt die Frau, „ich bin Oberschwester im hiesigen Krankenhaus."

•••••

Ein Mann torkelt zur Theke und bestellt lallend beim Wirt: „Einen Scotch mit acht Eiswürfeln."
Der Wirt: „Glauben Sie nicht, dass das in Ihrem Zustand zuviel ist?"
„Also gut, dann nur fünf Eiswürfel."

•••••

Schüler: „Warum müssen wir eigentlich immer Ihrer Meinung sein?"
Lehrer: „Müssen Sie nicht, aber meine ist nun mal die richtige ..."

•••••

Am Anfang der Klausur sagt der Professor: „Sie haben genau eine Stunde Zeit. Danach werde ich keine Arbeiten mehr annehmen."
Nach einer Stunde ruft der Professor: „Schluss, bitte geben Sie Ihre Arbeiten ab!"
Trotzdem schreibt ein Student wie wild weiter. Eine halbe Stunde später, der Professor hat die eingesammelten Arbeiten vor sich liegen, will auch der letzte Student sein Heft noch abgeben, aber der Professor lehnt ab.
Bläst sich der Student auf: „Herr Professor, wissen Sie eigentlich, wen sie hier vor sich haben?"
„Nein."
„Großartig", sagt der Student, und schiebt seine Arbeit mitten in den Stapel.

•••••

Der Enkel kommt zur Oma: „Vielen Dank für das tolle Geburtstagsgeschenk!"
„Das ist doch nicht der Rede wert."
„Das finde ich ja auch", antwortet der Enkel, „aber Mama meint, dass ich mich trotzdem bedanken muss."

*****

Der Vater geht mit seiner Tochter spazieren. Da grüßt sie plötzlich einen vorbeigehenden Mann.
„Wer war das denn?", fragt der Vater.
„Das war der Mann vom Umweltamt. Der fragt Mami immer, ob die Luft rein ist."

*****

In der Schule fragt die Lehrerin: „Was ist braun und läuft durch den Wald?"
Fritzchen meldet sich: „Ein Reh!"
„Richtig!", lobt die Lehrerin, „es könnte aber auch ein Hirsch sein. Und was ist grün und hüpft durch das Gras?"
Fritzchen meldet sich wieder: „Ein Frosch!"
„Richtig, es könnte aber auch ein Grashüpfer sein!"
Darauf Fritzchen: „Und was ist das: Wenn man es reinsteckt ist es hart, und wenn man es rausnimmt ist es klein und verschrumpelt?"
Nachdem ihm die Lehrerin eine schallende Ohrfeige gegeben hat, sagt er: „Richtig, könnte aber auch ein Kaugummi sein!"

*****

Der Landarzt fährt mit mehr als 140 Km/h durchs Dorf.
Seine Frau ängstlich: „Nicht so schnell, Schatz, wenn uns jetzt der Polizist sieht?"
„Keine Angst, dem habe ich heute morgen eine Woche Bettruhe verschrieben."

*****

Der Urlauber im Hotel beim Frühstück: „Ich möchte zwei Eier, eines steinhart, das andere fast roh, einen schwarzverkohlten Toast und eine lauwarme, fast durchsichtige Brühe, die Kaffee genannt wird."
„Ich weiß nicht, ob sich das machen lässt", meint der Kellner.
„Ach, das haben Sie doch gestern auch hinbekommen."

*****

Ein frisch verliebtes Pärchen: „Ach, Liebling, schenk mir doch ein Kind", haucht sie.
Er entsetzt: „Aber Schatz, Kinder werden doch nicht geschenkt, sondern geboren!"
„Okay, dann bohr mir bitte eins!"

*****

Die Kinder bekommen als Hausaufgabe auf, einen Vogel malen. Fritzchen hat ein schönes Bild gemalt, das allerdings nicht ganz vollständig ist.
„Fritzchen, dein Vogel hat ja keine Beine und auch keinen Schwanz?"
Da erzählt Fritzchen: „Als ich Mama fragte, wo man bei Vögeln die Beine hinmacht, hat sie mir eine geknallt. Nach dem Schwanz wollte ich da erst gar nicht fragen!"

•••••

Eine Frau ist mit ihrem Liebhaber im Bett, der auch der beste Freund ihres Ehemannes ist. Plötzlich klingelt das Telefon. Die Frau hebt ab und spricht mit fröhlicher Stimme: „Hallo? ... Ach – wirklich? Das ist ja wunderbar, das freut mich aber für dich. Also bis dann", und legt den Hörer auf.
Der Liebhaber fragt: „Wer war denn das?"
„Oh, das war nur mein Mann, der mir erzählte, welch wundervolle Zeit er beim Angeln mit dir verbringt!"

•••••

Im Orchester fragt ein Bratscher seinen Pultkollegen: „Du, was kommt als nächstes?"
Der flüstert: „Radetzky-Marsch!"
„Oh, Mist, den hab ich grade eben gespielt!"

•••••

Treffen sich zwei Freunde nach Jahren auf der Straße wieder. Der eine in Jeans und ausgetretenen Turnschuhen, der andere im teuren Anzug und Krokodillederschuhen.
„Mensch", sagt der Turnschuhträger. „Was machst du, dass du dir solch einen Anzug und Krokodillederschuhe leisten kannst?"
„Ich bin Krokodiljäger!"
„Solche Schuhe will ich auch haben. Erzähl, wie du das machst."
„Ganz einfach. Ich flieg nach Afrika, lege mich am Nil hinter ein Gebüsch, warte bis ein Krokodil rauskommt, sich hinlegt und eingeschlafen ist. Dann zücke ich mein Messer, stürze mich auf es drauf und ... – tja, wie ich schon sagte, eigentlich ganz einfach."
„Das klingt gut, das werde ich auch machen."
Ein Jahr später treffen sie sich wieder. Der eine immer noch in seinen ausgetretenen Turnschuhen. Da fragt der andere: „Ich dachte du wolltest auch Krokodile jagen und dir ein Paar Schuhe zulegen?"
„Wollte ich auch. Ich hab's auch genauso gemacht, wie du gesagt hast. Ab nach Afrika und auf die Lauer gelegt. Irgendwann kam dann ein Krokodil raus und ich hab gewartet bis es eingeschlafen ist. Und dann hab ich mich mit dem Messer draufgestürzt. Aber es hatte gar keine Schuhe an!"

•••••

Eine Frau findet im Wald einen Frosch, der in einer Falle gefangen ist. Er sagt zu ihr: „Wenn du mich befreist, werde ich dir drei Wünsche erfüllen". Gesagt, getan.
„Danke, doch ich vergaß zu erwähnen, dass es bei der Erfüllung der Wünsche eine Bedingung gibt. Denn was immer du dir wünschst, wird auch dein Ehemann bekommen, und zwar 10mal soviel davon."
Die Frau sagt: „Das ist in Ordnung."
Der erste Wunsch: „Ich will die schönste Frau der Welt werden."
Der Frosch warnt sie: „Vergiss nicht, dass dein Mann durch diesen Wunsch der schönste Mann der Welt sein wird, dem die Frauen in Scharen hinterher laufen werden."
Die Frau nickt und verwandelt sich in die schönste Frau der Welt!
Der zweite Wunsch: „Ich will die reichste Frau der Welt werden."
Der Frosch sagt: „Dann wird dein Mann der reichste Mann der Welt sein und er wird 10 mal reicher sein als du." Die Frau nickt wieder und mit einem Mal fällt ein Riesenkoffer voller Geldscheine und Diamanten vom Himmel!
Freudestrahlend verkündet die Frau ihren dritten Wunsch: „So, und mein dritter Wunsch: Ich will einen leichten Herzinfarkt haben."

*****

Eine Frau und ein Mann sind in einen Autounfall verwickelt: beide Autos haben einen Totalschaden. Wie durch ein Wunder wird keiner der beiden verletzt. Nachdem sie aus ihren Autos gekrabbelt sind, sagt der Mann: „So ein Zufall! Sie sind eine Frau, ich bin ein Mann. Schauen Sie nur unsere Autos an ... aber wir beide sind unverletzt. Das ist ein Fingerzeig Gottes! Und hier ist ein weiteres Wunder! Mein Auto ist Schrott, aber die Weinflasche auf dem Rücksitz ist unbeschädigt! Anscheinend will Gott, dass wir auf unser Glück anstoßen!" Er öffnet die Flasche und gibt sie der Frau. Die Frau nickt und leert die halbe Flasche mit einem Schluck und reicht sie dem Mann.
Der Mann steckt den Korken in die Flasche. Die Frau fragt ihn: „Willst du denn nicht auch trinken?"
Der Mann schüttelt den Kopf und meint: „Nein, ich warte lieber erst mal, bis die Polizei hier ist."

*****

Sohn: „Papa kannst du mir heute abend deine Taschenlampe leihen?"
Vater: „Wozu brauchst du eine Taschenlampe?"
Sohn: „Wir wollen nachts mit den Mädchen im Park fummeln."
Vater: „Dazu brauchten wir aber früher keine Taschenlampen."
Sohn: „So sieht Mama auch aus."

*****

Ein Bauer wurde zu 8 Wochen Gefängnis verurteilt. Seine Frau schreibt ihm einen Brief: „Jetzt erwartest du wohl von mir, dass ich allein das Feld umgrabe und Kartoffeln pflanze?"
Er schrieb ihr zurück: „Rühr bloß das Feld nicht an, dort habe ich das Geld und die Waffen versteckt!"
Eine Woche später antwortet die Frau: „Die Polizei war hier, die haben mit mehreren Leuten das ganze Feld mehrfach umgegraben!"
Darauf der Brief ihres Mannes: „So, jetzt kannst du die Kartoffeln pflanzen!"

•••••

Drei Mädchen im Schwimmbad. Als sie ins Wasser gehen wollen, erscheint plötzlich eine Fee und sagt: „Ihr habt einen Wunsch frei, ihr dürft euch während des Sprungs in den Pool wünschen, mit was das Becken gefüllt sein soll und sogleich wird euer Wunsch in Erfüllung gehen."
Das erste Mädchen ruft: „Ich will das Becken voll mit Cola haben", springt rein und landet in einem Becken voller Cola. Die Zweite: „Fanta!" Springt rein, das Becken ist mit Fanta gefüllt.
Das dritte Mädchen überlegt noch, plötzlich rutscht sie aus, fällt ins Becken und schreit: „Scheiße!"

•••••

Eine Blondine, eine Brünette und eine Rothaarige arbeiten in einer Firma, deren Chef eine Frau ist. Fast täglich verschwindet die Chefin eine Stunde bevor die drei Feierabend haben. Irgendwann beschließen die drei ebenfalls früher Feierabend zu machen. Nachdem die Chefin gegangen ist, packen sie ihre Sachen und gehen auch nach Hause.
Die Brünette macht es sich zu Hause gemütlich und liest etwas. Die Rothaarige kann noch etwas einkaufen gehen.
Die Blondine kommt nach Hause und hört lautes Stöhnen aus dem Schlafzimmer. Sie öffnet lautlos die Tür einen Spalt und sieht, wie sich ihr Ehemann mit ihrer Chefin vergnügt. Leise schließt sie die Tür und verlässt auf leisen Sohlen das Haus. Am nächsten Tag beschließen die Rothaarige und die Brünette, wieder nach Hause zu gehen, sobald die Chefin weg ist und fragen die Blondine, ob sie mitkomme. Worauf sie antwortet: „Nein, lieber nicht. Gestern wäre ich beinahe erwischt worden."

•••••

Warum sind Frauen eher hübsch als intelligent? Weil Männer besser sehen als denken können.

•••••

Zwei Polizisten gehen mit einem Hund Streife. Da kommt ein kleiner Junge vorbei, hebt dem Hund den Schwanz hoch und schaut ihm in den Hintern. Da fragt der eine Polizist den Jungen, was er da macht. Darauf der Junge: „Ich habe gehört, hier läuft ein Hund mit zwei Arschlöchern herum."

*****

Ein Kind fragt seinen Vater: „Papa, wie heißt die Schwiegermutter von Adam?".
Der Vater antwortet: „Lass es mich so ausdrücken: Adam hatte keine Schwiegermutter. Er lebte im Paradies."

*****

Eine Patientin, die an der Wahnvorstellung leidet, tot zu sein, sitzt beim Psychiater.
Der Arzt: „Glauben Sie, dass eine Leiche Schmerz empfindet?" „Nein, das gibt es nicht."
Der Psychiater nimmt eine Nadel und sticht der Patientin in den Arm. Sie schreit laut auf.
„Na also!", lacht der Psychiater.
„Oh", sagt sie, „Leichen können anscheinend doch Schmerz empfinden."

*****

In einer Buchhandlung fragt ein Mann: „Ich suche das Buch ‚Der Mann, das starke Geschlecht'".
Verkäuferin: „Schauen Sie mal hinten links, in der Märchenabteilung."

*****

Er zu ihr: „Mit der neuen Brille siehst du aber hässlich aus!"
Sie: „Ich habe keine neue Brille!"
Er: „Du nicht! Aber ich!"

*****

Die Medizinstudenten im ersten Semester haben ihre erste Vorlesung:
Der Professor beginnt: „Ich möchte Ihnen zwei Eigenschaften zeigen, die einen guten Arzt auszeichnen. Erstens: die Fähigkeit Ekel zu überwinden und zweitens: eine gute Beobachtungsgabe."
Damit taucht er seinen Finger in ein Glas mit ekliger, grün-gelber Flüssigkeit. Er zieht den Finger wieder raus und leckt ihn zum Entsetzen der Studenten ab. Danach stellt er das Glas vor einem Studenten in der ersten Reihe ab. Nach einiger Überwindung taucht der aber dann auch seinen Finger in das Glas und leckt ihn ab.
Meint der Professor: „Ihren Ekel haben Sie offensichtlich überwunden, aber Ihre Beobachtungsgabe lässt doch sehr zu wünschen übrig. Denn ich habe den Zeigefinger eingetaucht und den Mittelfinger abgeleckt."

*****

Ein offensichtlich Angetrunkener steigt in den Bus und setzt sich neben einen Pfarrer. Das Hemd des Betrunkenen ist voller Flecken, sein Hals und sein Gesicht übersät mit rotem Lippenstift und in seiner Jackentasche sieht man eine halbleere Flasche Schnaps. Er holt eine Zeitung heraus und fängt an zu lesen. Kurze Zeit später fragt er den Pfarrer: „Sagen Sie, wodurch bekommt man eigentlich Arthritis?"
Etwas angewidert antwortet der Pfarrer: „Mein Herr, man bekommt es von einem lockeren Lebenswandel, wenn man sich mit Frauen herumtreibt, vom Alkohol und von der Missachtung gegenüber seinem Nächsten!"
„Oh, das wusste ich nicht!", murmelt der Betrunkene und liest weiter in seiner Zeitung.
Dem Pfarrer tut seine barsche Antwort etwas leid und mitfühlend fragt er: „Wie lange hast du denn schon Arthritis?"
„Oh", sagt der Betrunkene, „ich habe keine Arthritis. Ich habe eben in der Zeitung gelesen, dass der Papst Arthritis hat.

*****

Was macht ein Holländer, nachdem Holland Fußball-Weltmeister geworden ist?
Er macht die Playstation aus und geht ins Bett.

*****

„Hier ist der Notruf 112 – was kann ich für Sie tun?"
„Kommen Sie schnell, hier brennt's!"
„Jetzt beruhigen Sie sich erstmal. Wie kommen wir denn überhaupt zu Ihnen?"
„Ja, haben Sie denn nicht mehr die großen roten Autos?"

*****

Der Familienvater will seine vierjährige Tochter am Weihnachtsabend überraschen. Er leiht sich ein Weihnachtsmannkostüm aus, zieht es abends an und geht in das Wohnzimmer, zu seiner Tochter und seiner Frau: „Drauß' vom Walde komm' ich her, ich muss euch sagen, es weihnachtet sehr, und überall auf den Tannenspitzen, sah ich die goldenen Lichtlein blitzen."
Darauf die Tochter: „Mama, ist der Papa schon wieder besoffen?"

*****

Der Jäger kommt nach Hause und sagt zu seinem Sohn: „Du, ich habe vorhin zufällig deinen Lehrer getroffen."
„Toll, Papa, den konnte ich sowieso nicht leiden."

*****

„Die schönsten Stunden meines Lebens verdanke ich der Oper."
„Wieso, gehst du so oft hin?"
„Ich nicht, aber meine Frau!"

*****

Mitten im Sinfoniekonzert ruft vorne aus der ersten Reihe ein Mann lauthals: „Ist hier ein Arzt im Saal?" Alles schweigt, die Musiker und die Zuhörer versuchen sich wieder auf die Musik zu konzentrieren. Etwas später wieder das gleiche: „Ist hier ein Arzt im Saal?" Der Saal wird unruhig, einige Musiker verpatzen ihren Einsatz, aber es geht weiter.
Wiederum: „Ist hier ein Arzt im Saal?" Das Orchester bricht ab, da erhebt sich in der letzten Reihe jemand erhebt und antwortet: „Ja, ich bin Arzt. Was ist denn?"
„Ist das nicht ein herrliches Konzert, Herr Kollege?"

Zwei Männer im Zug. Sagt der eine zum anderen: „Heute mach ich aber alles falsch, ich bin einfach zu dumm." Sagt der andere: „Dagegen habe ich ein Mittel: Sie müssen Apfelkerne kauen. Ich habe sogar welche dabei. Ich kann Ihnen 5 Apfelkerne für 10 Euro verkaufen." Der Mann bezahlt und nimmt einen in den Mund und kaut drauf herum. Nach 5 Minuten sagt er: „Sagen Sie, das ist ja Betrug! Für 10 Euro kann ich mir ja 5 Kilo Äpfel kaufen!"
Sagt der andere: „Da können Sie mal sehen, es wirkt schon!"

Ein Priester und eine Nonne sind auf einer Pilgerreise durch unwegsames Gelände. Da werden sie von einem Unwetter überrascht, können aber in einer Schutzhütte Rast machen um zu übernachten.
Dort gibt es allerdings nur ein Bett, einige Decken und einen Schlafsack. Der Priester überlässt der Nonne das Bett und kriecht in den Schlafsack.
Gerade hat der Priester die Augen geschlossen, da sagt die Nonne: „Vater, mir ist kalt." Der Priester holt eine weitere Decke und breitet sie über der Nonne aus und kriecht wieder in seinen Schlafsack.
Kurz darauf: „Vater, mir ist so kalt." Der Priester kriecht abermals umständlich aus dem Schlafsack, breitet noch eine weitere Decke über der Nonne aus und legt sich wieder schlafen.
Gerade hat er seine Augen geschlossen, da hört er wieder: „Vater, mir ist so furchtbar kalt!" Der Geistliche antwortet: „Schwester, wir sind hier weit abseits jeder Zivilisation und keine Seele wird jemals erfahren, was sich heute Nacht hier abgespielt hat! Wir könnten doch einfach so tun, als wären wir verheiratet ..."
Erfreut, da sie darauf insgeheim gehofft hatte, haucht sie: „Oh ja, das wäre sehr schön."
Darauf der Priester: „Dann steh gefälligst auf und hol dir deine Decke selbst, du faule Sau!"

Zwei Jungs haben auf dem Markt Nüsse geklaut. Um in Ruhe zu teilen, schleichen sie in eine gerade offen stehende Leichenhalle. Vor der Tür verlieren sie in der Eile zwei ihrer Nüsse.
Unter leisem Murmeln verteilen sie: „Eine für dich, eine für mich, eine für dich, eine für mich."
Der Küster kommt vorbei und hört das. Ihm sträuben sich die Haare. Er läuft zum Pfarrer: „Herr Pfarrer, in der Leichenhalle spukt es. Da handelt Gott mit dem Teufel die Seelen aus!"
Der Pfarrer schüttelt nur den Kopf und beide gehen leise zurück zur Leichenhalle.
„Eine für dich, eine für mich, eine für dich, eine für mich. So, das sind jetzt alle. Nun holen wir uns noch die beiden vor der Tür!"

•••••

Ein Jäger will seiner Frau seine Schießkünste zeigen und nimmt sie einmal mit auf die Jagd. Der Mann sieht eine Gans fliegen, zielt, schießt und trifft. Die Gans fällt. Sagt die Frau mitleidig: „Der Schuss war doch völlig unnötig. Das arme Tier hätte den Sturz aus dieser Höhe sowieso nicht überlebt."

•••••

Zwei Männer wurden wegen Drogenhandels verurteilt und bekommen die Bewährungsauflage, andere vom Drogenkonsum abhalten.
Erzählt der erste: „Ich habe eine tolle Methode um jemand vom Drogenkonsum abzuhalten: Ich male einen großen und einen kleinen Kreis auf ein Stück Papier und sage: ‚Der große Kreis ist euer Gehirn vor dem Drogenkonsum und der kleine Kreis nach dem Drogenkonsum.'"
Erzählt der Zweite: „Ich habe bereits 100 Männer vor Drogen gewarnt. Ich malte einen großen und einen kleinen Kreis auf ein Stück Papier. Dann zeigte ich zuerst auf den kleinen und sagte: Das ist euer Arschloch, bevor ihr in den Knast kommt ..."

•••••

Wie jedes Wochenende geht ein Mann früh am Morgen auf die Jagd. Als er im Wald ist, fängt es an zu regnen. Da beschließt der Mann umzukehren. Er kommt nach Hause, zieht sich aus und legt sich wieder zu seiner Frau ins Bett.
„Wie ist es draußen?", fragt seine Frau gähnend im Halbschlaf.
„Ungemütlich, windig und es regnet ..."
„Und mein Mann, der Idiot, ist auf die Jagd gegangen."

•••••

Nach langer Zeit treffen sich zwei Freunde wieder.
„Und, wie geht's dir?"
„Meine Frau ist gestorben"
„Um Himmels Willen, wie ist denn das passiert?"
„Ich war gerade beim Kochen und habe sie in den Keller geschickt, um Kartoffeln zu holen. Dabei ist sie ausgerutscht und hat sich das Genick gebrochen."
„Schrecklich! Und, was hast du dann gemacht?"
„Nudeln!"

Auf dem Golfplatz. Zwei Männer spielen – da liegen mitten auf der Strecke zwei Frauen und nehmen ein Sonnenbad. Sagt der Eine zum anderen: „Geh mal rüber und sag ihnen, dass sie das Feld räumen sollen." Der Mann geht los, kehrt aber auf halbem Wege um: „Das kann ich nicht machen, die eine ist meine Frau und die andere meine Geliebte und beide wissen nichts voneinander. Kannst du nicht gehen?"
Der Andere geht, kommt aber genauso schnell zurück und sagt: „Wie klein die Welt doch ist!"

Der Papst macht eine Reise durch Australien. Bei einem Strandspaziergang beobachtet er, wie im Wasser ein Mann mit einem Trikot von Borussia Dortmund von einem Hai angefallen wird. Auf einmal kommt ein Motorboot mit zwei Schalkern angefahren. Einer springt mit einer Harpune ins Wasser und erlegt den Hai, der andere holt den Dortmunder aus dem Wasser.
Der Papst ist von der Rettungsaktion beeindruckt und lässt die beiden zu sich kommen: „Für euren selbstlosen Einsatz spreche ich euch im Namen Gottes selig."
Als der Papst weg ist, sagt der eine Schalker zum anderen: „Weißt du, wer das war?"
„Nein", sagt der andere, „ist ja auch egal, sieh mal lieber nach, ob unser Köder noch in Ordnung ist oder ob wir einen neuen brauchen."

Als sich Teufel und Petrus mal wieder treffen, fragt der Teufel, ob man nicht mal ein Fußballspiel Himmel gegen Hölle veranstalten könnte. Petrus hat dafür nur ein Lächeln übrig: „Ihr habt doch nicht die geringste Chance! Alle guten Fußballspieler sind im Himmel."
Der Teufel lächelt zurück: „Das stimmt, aber wir haben die Schiedsrichter!"

Ein Landmaschinenverkäufer und ein Bauer sitzen in der Dorfkneipe. Sagt der Verkäufer: „Mir geht es im Augenblick gar nicht gut. Ich habe schon lange keinen Traktor mehr verkauft."
Antwortet der Bauer: „Das wird schon wieder. Aber ich wollte gestern unsere Kuh melken. Auf einmal schlägt sie mir den Schwanz mitten ins Gesicht. Da hab ich ihr den Schwanz hochgebunden. Als ich weitermelken will, tritt sie mich mit dem linken Hinterbein. Das habe ich dann an einem Pfosten festgebunden. Kaum will ich wieder anfangen, tritt mich die Kuh mit dem rechten Hinterbein. Dann habe ich dieses Bein auch an einen Pfosten gebunden. Weil mir bei der ganzen Aktion so warm geworden ist, zog ich mir das Hemd aus. In diesem Augenblick kommt meine Frau in den Stall! Wenn du jetzt meine Frau überzeugen kannst, dass ich die Kuh nur melken wollte, dann kauf ich dir einen Traktor ab!"

•••••

In einer Kleinstadt im Süden der USA: Ein Schwarzer liegt tot auf der Straße, von vierzig Kugeln durchlöchert. Kommt der Sheriff dazu und sagt: „Oh je, so einen furchtbaren Selbstmord habe ich noch nie gesehen."

•••••

Ein Mann geht im Central Park in New York spazieren und sieht ein Mädchen, das von einem Kampfhund angegriffen wird. Sofort greift er ein und nach langem Kampf kann er das Tier töten.
Ein Polizist hat die Situation beobachtet geht zu dem Mann und sagt: „Sie sind ein Held! Ich sehe schon die Schlagzeilen: Mutiger New Yorker rettet Mädchen das Leben!"
Aber der Mann sagt: „Ich bin kein New Yorker!"
„Oh", erwidert der Polizist „dann steht bestimmt in der Zeitung: „Mutiger Amerikaner rettet Mädchen das Leben!"
Der Mann aber antwortet: „Ich bin auch kein Amerikaner!"
Verblüfft schaut der Polizist den Mann an und fragt: „Was sind Sie dann?!"
„Ich bin Pakistani."
Die Schlagzeile in der Zeitung des nächsten Tages: „Islamischer Extremist tötet amerikanischen Hund. Verbindungen zu Terrornetzwerk vermutet."

•••••

Wie heißt die größte Glaubensgemeinschaft Deutschlands?
Opel. Sie glauben, sie fahren ein Auto!

•••••

Ein Vertreter von Coca-Cola kommt in den Vatikan. Er bietet 1 Million Dollar, wenn der Papst das „Vater unser" ändern würde. Dort sollte es dann in Zukunft heißen: „Unsere tägliche Coke gib uns heute!"
Der Sekretär des Vatikans lehnt ab. Auch mit einem Angebot von 5 Millionen und ebenso bei 10 Millionen kommt der Vertreter nicht weiter. Als letztes Angebot bietet er 100 Millionen.
Der Sekretär zögert, greift dann zum Haustelefon und ruft den Papst an: „Chef, wie lange läuft der Vertrag mit der Bäckerinnung noch?"

Ein Philosoph und ein Pfarrer streiten sich darum, welcher der beiden von ihnen vertretenen Disziplinen der höhere Rang zukomme.
Herablassend sagt der Pfarrer: „Philosophie ist doch, als ob jemand in einem dunklen Raum mit verbundenen Augen eine schwarze Katze sucht, obwohl es in dem Raum keine schwarze Katze gibt."
Daraufhin der Philosoph: „Aber Theologie ist doch, als ob jemand in einem dunklen Raum mit verbundenen Augen eine schwarze Katze sucht, die gar nicht da ist und plötzlich ruft: ‚Ich hab sie!'"

An der Haltestelle vor dem Friedhof steigen zwei ältere Damen in den Bus. Die erste Dame holt ihre Schminkutensilien aus der Handtasche und schminkt sich ausgiebig. Da fragt die zweite Dame: „Sagen Sie mal, wie alt sind Sie denn eigentlich?"
Die Antwort: „Ich bin 72 Jahre." Sagt die zweite Dame: „Und da schminken Sie sich noch?"
Daraufhin fragt die erste Dame zurück: „Und wie alt sind Sie?"
„Ich bin 82 Jahre."
„Ach, und da fahren Sie noch heim?"

Der Vater zur Tochter: „Lass dir einen guten Rat geben: „Wenn du einmal heiratest, dann suche dir einen Soldaten. Der kann kochen, Betten machen, aufräumen und hat gelernt zu gehorchen!"

Worin unterscheiden sich eine finnische Hochzeit und eine finnische Trauerfeier?
Auf der Trauerfeier gibt es einen Volltrunkenen weniger.

Ein Deutscher, ein Franzose und ein Amerikaner sitzen im 10. Stockwerk in der Bar eines der zahlreichen Hotels. Der Amerikaner bestellt beim Barkeeper einen „Highfly".
Er trinkt, dann öffnet er ein Fenster und springt hinaus. Er schlägt unten auf dem Boden auf, doch nichts passiert, und schon nach wenigen Minuten ist er wieder oben.
„Das ist ja toll!", sagt der Deutsche, bestellt sich auch einen Highfly, trinkt ihn, springt aus dem Fenster, schlägt auf und ist sofort tot.
Der Amerikaner lässt sich noch einen Highfly geben und macht alles noch einmal; es passiert ihm wieder nichts.
Das versucht auch der Franzose. Trinkt, öffnet ein Fenster und springt. Auch er schlägt auf und ist sofort tot.
Daraufhin der Barkeeper: „Mensch Superman, du kannst wirklich ein Arschloch sein, wenn du besoffen bist!"

•••••

Sagt ein Mann zu Hause, dass er zum Arzt eine Urin-, Stuhl- und Sperma-Probe mitbringen muss. Darauf seine Frau: „Schatz, nimm doch deine braune Cordhose."

•••••

Warum gibt es die Pille für den Mann noch nicht?
Weil man für Arschlöcher normalerweise Zäpfchen nimmt.

•••••

Was macht eine anständige Frau morgens mit ihrem Arsch?
Sie schmiert ihm ein Brot und schickt ihn zur Arbeit!

•••••

Sie: „Liebling, im Büro haben meine Kollegen gesagt, dass ich ganz tolle Beine hätte!"
Er: „Ach ja, und von deinem dicken Arsch haben sie nicht gesprochen?"
Sie: „Nein, von dir war nicht die Rede."

•••••

Es gießt in Strömen! Die Schwiegermutter klingelt bei ihrer Tochter an der Haustür. Der Schwiegersohn öffnet die Tür und sagt: „Hallo, Schwiegermama, warum stehst du im Regen? Geh doch nach Hause!"

•••••

Ein Mann steigt in den Bus, in der einen Hand eine Bratwurst, in der anderen eine Portion Pommes.
„Aber nein", sagt der Fahrer, „das ist doch hier kein Speisewagen!"
Antwortet der Mann: „Aus diesem Grund hab ich mir mein Essen auch selbst mitgebracht!"

•••••

Er: „Willst du mich heiraten?"
Sie: „Fällt dir nichts Besseres ein?"
Er: „Doch, aber die wollen alle nicht!"

•••••

Im Himmel wird der diesjährige Betriebsausflug geplant. Man sammelt Vorschläge:
Bethlehem. Maria ist aber dagegen, da hat sie schlechte Erfahrungen gemacht: Keine Hotelzimmer und so weiter.
Jerusalem. Jesus lehnt ab – Ganz schlechte Erfahrungen mit Jerusalem!
Rom. Allgemeine Zustimmung, der Heilige Geist jubelt: „Oh toll, Rom! Da war ich noch nie!"

Das Kreuzfahrtdampfer fährt an einer kleinen Insel vorbei. Ein Mann in zerfetzter Kleidung springt dort wie verrückt herum und winkt mit den Armen. Fragt einer der Passagiere den Kapitän: „Was macht der denn dort?"
„Ach, der freut sich immer so, wenn wir vorbeifahren!"

Letzte Worte des Mannes: „Ja, ich will!"

„Haben Sie eigentlich Ihre Tochter schon aufgeklärt?"
„Nein, noch nicht. Jedes Mal, wenn ich damit anfangen will, brüllt ihr Baby dazwischen."

Eine Blondine empört sich: „Da hielt doch gestern plötzlich so ein unverschämter Kerl in einem Sportwagen neben mir und wollte mich auf eine Spazierfahrt einladen. So ein blöder Kerl! Aber er hatte eine sehr schöne Wohnung."

Der Arzt: „Gegen Ihr Übergewicht hilft nur viel Bewegung."
„Sie meinen Joggen, Radfahren und so etwas?"
„Nein. Kopfschütteln, immer dann, wenn Ihnen etwas zu essen angeboten wird."

„Herr Doktor, können Sie mir helfen? Mein Vater wird langsam senil. Er sitzt den ganzen Tag in der Badewanne und spielt mit einem Quietsche-Entchen."
„Das ist doch nicht schlimm. Lassen Sie doch dem alten Mann dieses Vergnügen."
„Aber es ist mein Quietsche-Entchen!"

Treffen sich zwei Bazillen im menschlichen Darm. Sagt die eine: „Kommst du mit zur Leber, einen trinken?"
Sagt die andere: „Nein, ich warte auf einen Furz, ich möchte noch ausgehen!"

Eine junge Frau kommt zum Arzt. Sie zieht sich aus und legt sich nackt auf die Liege. Der Mann in Weiß rührt sich nicht und grinst. „Herr Doktor, wollen Sie mich nicht untersuchen?
„Da müssen Sie schon warten, bis der Arzt kommt, ich bin nur der Anstreicher!"

*****

Fritzchen liegt mit Grippe im Bett und wird vom Arzt untersucht. Ängstlich fragt er: „Herr Doktor, ich kann die Wahrheit vertragen, wann muss ich wieder zur Schule?"

*****

„Sie haben aber eine fürchterliche Erkältung. Waren Sie deswegen beim Arzt?"
„Nein, keineswegs, die ist von ganz allein gekommen!"

*****

Eine Blondine, eine Rothaarige und eine Brünette sind im Schwimmbad. Sie einigen sich auf 4 Bahnen Brustschwimmen.
Nach 10 Minuten kommt die Brünette an, nach 15 Minuten die Rothaarige und erst nach 30 Minuten kommt die Blondine an und meint ärgerlich: „Ihr habt geschummelt, ihr habt auch die Arme benutzt!"

*****

In der Medizinvorlesung prüft der Professor seine Studenten. Als erstes eine junge Studentin: „Sagen Sie mir, welcher menschliche Körperteil sich im Zustand der Erregung bis zum sechsfachen vergrößern kann." Die Studentin errötet: „Aber Herr Professor, sollten Sie das nicht lieber einen männlichen Kommilitonen fragen?"
Professor: „Na gut, junger Mann: wissen Sie die Antwort?"
Student: „Im Zustand der Erregung können sich die Pupillen bis zum sechsfachen vergrößern!"
Professor: „Das ist richtig!" Zur Studentin: „Und Sie gehen mal lieber nicht mit zu großen Erwartungen in die Ehe!"

*****

Treffen sich zwei Blondinen. Sagt die eine: „Mein Vermieter will, dass ich bis zum Monatsende ausgezogen bin!" Darauf die andere: „Du hast es gut – meiner verlangt das jeden Abend!"

*****

Richter: „Haben Sie gesehen, wie der Täter Ihre Schwiegermutter überfiel und ermordete?"
Zeuge: „Ja, das habe ich."
„Und warum haben Sie dann nicht geholfen?"
„Das wollte ich zuerst, aber dann habe ich gesehen, dass er auch alleine zurecht kommt."

*****

Zwei Freunde unterhalten sich: „Ich bin jetzt seit 25 Jahren verheiratet und liebe noch immer die gleiche!" Sagt der Andere: „Das ist doch gut!" „Ja, aber wenn meine Frau das erfährt, erschlägt sie mich!"

*****

Gott und Petrus spielen Golf. Da vermasselt Gott seinen Abschlag, der Ball rollt in Richtung Sandbunker. Da kommt eine Maus herbeigelaufen und packt den Golfball, aber schon kommt eine Katze und packt die Maus, dann kommt ein Adler und packt die Katze und schwingt sich mit ihr in die Luft, dann kommt ein Blitz und schlägt in den Adler mit der Katze mit der Maus mit dem Golfball, der Golfball fällt genau ins Loch. Petrus: „Was ist jetzt? Spielen wir Golf oder blödeln wir rum?"

*****

Ein Pfarrer und ein Busfahrer kommen in den Himmel. Petrus lässt den Busfahrer eintreten, der Pfarrer muss draußen warten. „Wieso kommt der Busfahrer vor mir dran?", fragt der Pfarrer. Petrus erklärt: „Bei deinen Predigten haben die Leute in der Kirche geschlafen, aber bei seinen Fahrten haben alle im Bus gebetet."

*****

Adam fragt den lieben Gott: „Sag mal, warum hast du Eva so schön gemacht?" Da sagt Gott: „Damit sie dir gefällt."
„Und warum hast du ihr ein so angenehmes Wesen gegeben?"
„Damit du sie liebst."
„Aber warum", fragt Adam, „hast du sie dann so dumm gemacht?"
„Damit Sie dich liebt."

*****

Ein Franzose, Engländer und Deutscher im Lokal. Franzose: „Ist das dort am Tisch nicht Jesus?"
Da geht der Engländer zu Jesus und lässt sich seine kranke Schulter heilen.
Danach geht der Franzose hin und lässt sich sein krankes Kreuz heilen.
Als Jesus sein Essen beendet hat, kommt er zu dem Deutschen und fragt ihn, ob er für ihn auch etwas tun könne. Darauf der Deutsche: „Nehmen Sie bloß die Finger weg, ich bin 3 Wochen krank geschrieben!"

*****

Sagt der Fischer im Boot: „Es ist mir völlig egal, wer dein Vater ist – solange ich hier angle, läufst du nicht übers Wasser ..."

*****

Sagt Gott zu Eva: „Du hast trotz meines Verbotes vom Baum der Erkenntnis gegessen, dafür sollst du ewig bluten!"
„Aber Adam hat doch auch davon gegessen und außerdem, die Schlange hat mich verführt, also ist sie doch schuld!"
„Na gut, einmal im Monat ..."

Ein Indianer in voller Kriegsbemalung geht in eine Bar, auf seiner Schulter ein wunderschöner, großer, bunter Papagei. Er bestellt Feuerwasser. Der Barkeeper starrt den Indianer mit dem wunderschönen, großen, bunten Papagei lange an und gibt ihm das Feuerwasser. Dann fragt er: „Der ist ja wunderschön, woher haben Sie ihn denn?" Da sagt der Papagei: „Aus der Prärie, da gibt es Tausende von denen ..."

Eine Maus und ein Elefant baden am Strand. Während der Elefant schon im Wasser plantscht, rennt die Maus aufgeregt am Strand hin und her. Nach einer Weile ruft sie dem Elefanten zu, er möge doch mal aus dem Wasser kommen. Schwerfällig trabt das graue Tier aus dem Wasser. Darauf antwortet die Maus: „Ach, schon gut, du kannst wieder reingehen, ich wollte nur mal sehen, ob du aus Versehen meine Badehose angezogen hast."

Welches Tier kann höher springen als der Eiffelturm?
Jedes, hast du den Eiffelturm schon mal springen sehen?

Ein Adler stürzt vom Himmel und verschlingt eine Feldmaus am Stück. Die krabbelt bis zum Ende durch, schaut hinaus und fragt: „Wie hoch fliegen wir?"
Der Adler: „Ungefähr 1000 m."
„So hoch? Mach bloß keinen Scheiß."

Lieber mit einem Kätzchen schlafen als mit einem Kater aufstehen.

Kommt ein Mann in die Kneipe, haut eine schwere volle Plastiktüte auf die Theke und knurrt: „Einen doppelten Korn!" Den bekommt er auch und kippt ihn direkt runter.
„Noch einen!"
„Ärger?", fragte der Wirt beim Einschenken.
„Und ob! Sechser im Lotto! Und meine Frau hat vergessen, den Schein abzugeben!"
„Um Gottes willen! Da würde ich ihr ja den Kopf abreißen!"
„Was glauben Sie denn, was ich hier in der Tüte habe?"

Richter: „Ich kenne Sie doch! Sie habe ich schon tausendmal gesehen! Sie sind doch sicher vorbestraft!"
Angeklagter: „Nein. Ich bin Türwächter im Eros-Center."

•••••

Eine ältere Prostituierte steht vor Gericht. Der Richter weiß nicht, welche Strafe er ihr aufbrummen soll. Er ruft einen befreundeten Kollegen an: „Was würden Sie einer fünfzigjährigen Prostituierten geben?"
„Ich? Höchstens 10 Euro, mein Lieber!"

•••••

Der Nachbar: „Haben Sie denn gestern nacht nicht gehört, dass wir dauernd an Ihre Wand geklopft haben?"
„Aber das macht doch nichts. Wir haben sowieso gefeiert!"

•••••

Eine junge Nonne geht zur Oberin, beichtet ihr einen Fehltritt und erbittet Vergebung. Sagt die Oberin: „Geh in die Küche und trinke ein Glas Zitronensaft."
„Ist mir denn damit dann vergeben?"
„Nein, aber dann verschwindet das zufriedene Grinsen aus deinem Gesicht!"

•••••

Zwei Sozialpädagogen treffen sich auf der Straße.
Der eine fragt: „Kannst du mir vielleicht sagen, wo der Bahnhof ist?"
Der andere antwortet: „Nein, tut mir echt leid."
Darauf der erste: „Aber ich fand's schön, dass wir drüber geredet haben."
Am nächsten Tag treffen sie wieder aufeinander und der eine fragt: „Na, hast du den Bahnhof gefunden?"
„Nein," sagt der andere, „aber ich kann jetzt damit umgehen."

•••••

Fragt ein Folterknecht den anderen: „Wie viele hast du denn im Verlies?"
„26 und ein paar Zerquetschte."

•••••

„Und was passiert, wenn sich der Fallschirm nicht öffnet?"
„Dann werden Sie als erster unten ankommen!"

•••••

Es gibt nur zwei Dinge, die ich hasse: Leute, die nicht zählen können!

•••••

Auf der Party sieht die Dame des Hauses plötzlich ihr 15-jähriges Töchterchen auf dem Schoß eines jungen Mannes. „Du stehst sofort auf!", ruft sie entrüstet. „Nein, Mama", antwortet die Kleine trotzig, „ich war zuerst da!"

•••••

Ein Mann sieht im Kaufhaus einen tollen Restposten: 10 m Stoff im Tigermuster. Er ist begeistert und kauft die ganzen 10 Meter.
Zu Hause angekommen, schneidert er sich aus dem ersten Meter eine kesse Badehose. Am nächsten Tag geht er ins Freibad und spaziert stolz mit seiner neuen Badehose herum.
Er klettert auch auf den 10-m-Turm und springt elegant hinunter, merkt aber nicht, dass er dabei seine Badehose verliert. Nichtsahnend klettert er aus dem Wasser und stolziert weiter am Beckenrand entlang.
Eine junge Frau starrt entsetzt auf seine Blöße. Daraufhin er zur Frau: „Das ist toll, was? Und zu Hause hab ich noch 9 Meter davon ..."

•••••

„Vorsicht", sagt die Forelle zu ihrem Kind als sie einen dicken Wurm entdeckt.
„Wenn dir so ein Brocken vor die Nase fällt, ist ganz sicher irgendein Haken dabei!"

•••••

Die Dame des Hauses hat sehr schlechte Laune und vertraut sich ihrem langjährigen Hausmädchen an:
„Mein Mann hat ein Verhältnis mit seiner Sekretärin!"
Das Hausmädchen wird blass und erwidert wütend:
„Das glaube ich nicht, Sie wollen mich bloß eifersüchtig machen!"

•••••

Sie: „Schatz, ich geh zum Sport!"
Er: „Welchen Kurs machst du denn heute?"
Sie: „Bauch-Beine-Po."
Er: „Davon hast du doch genug, mach lieber mal Titten!"

•••••

„In diesem Jahr werde ich im Urlaub nichts tun. Die erste Woche werde ich mich nur im Schaukelstuhl entspannen."
„Ja, aber dann?"
„Dann werde ich eventuell ein wenig schaukeln."

•••••

„Der Strand ist jedes Jahr überlaufener hier!"
„Ja, ganz furchtbar. Diesmal mussten wir uns sogar mit einer Reihensandburg zufriedengeben!"

•••••

Junger Mann im Kaufhaus: „Ich suche für meine Freundin Handschuhe, aber ich weiß leider die Größe nicht." Die Verkäuferin weiß Abhilfe: „Schauen Sie sich meine Hände an. Haben die in etwa die gleiche Größe?" „Ja, das ist genau die richtige Größe, und da fällt mir ein, einen Slip braucht sie auch noch!"

Was sagt die junge Ehefrau, wenn die Hochzeitsnacht missglückt ist? „Der Ehering ist mir auch zu klein."

Ein Bauunternehmer legt einem Finanzbeamten eine Kiste mit echten Havannas auf den Schreibtisch. „Geschenke darf ich leider nicht annehmen", wehrt der Beamte ab. Der Bauunternehmer startet einen neuen Versuch: „Aber wer redet denn von Geschenken? Die Kiste kostet 1 Euro!"
„Ja, wenn das so ist", sagt darauf der Beamte und legt 10 Euro auf den Tisch, „dann nehme ich sie, und die restlichen neun Kisten schicken Sie mir per Post zu!"

Warum heißt es eigentlich Gebet, wenn ich zu Gott spreche, und Psychose, wenn Gott zu mir spricht?

Eines Tages meint der Teufel zu seinem Sohn, dem kleinen Satan, er solle doch auch mal was richtig Böses anstellen und irgendwo auf der Welt einmal etwas zerstören. Der kleine Satan nimmt sich sein Folterköfferchen und dreht einen Globus und trifft durch Zufall die Sahara. Der kleine Satan teleportiert sich dort hin und sagt: „Ich bin der kleine rote Satan mit meinem kleinen Roten Koffer ... Oh, hier ist ja gar keiner!"
Wieder zu Hause in der Hölle dreht er noch einmal den Globus. Diesmal ist es die Antarktis. Der kleine Satan teleportiert sich dorthin: „Ich bin der klei ... Oh, hier ist ja auch überhaupt keiner!"
Beim dritten Versuch bleibt der Globus bei Polen stehen. Der kleine rote Satan teleportiert sich dorthin und sagt: „Ich bin der kleine rote Satan mit meinem ... He! Wo ist mein Köfferchen?"

Oma Müller geht vom Einkaufen nach Hause. Als sie beim Park vorbeikommt, springt plötzlich ein Exhibitionist aus dem Gebüsch und entblößt sich vor ihr. Entsetzt lässt Oma die Einkaufstasche fallen, schlägt die Hände zusammen und ruft: „Oh nein! Die Shrimps hab' ich vergessen!"

Oma macht sich fertig, um mit dem Rad wegzufahren. Fragt Fritzchen: „Oma, wo fährst du denn hin?"
„Zum Friedhof, mein Kind."
„Und wer bringt dann das Rad wieder nach Hause?"

•••••

Unterhalten sich zwei Freundinnen: „Sag mal, wie viele Haustiere hast du eigentlich?"
Antwortet die andere: „Ich glaube vier: Einen Nerz im Schrank, einen Jaguar vor der Haustür, einen Hengst im Bett und einen blöden Hund, der alles zahlt!"

•••••

Nach dem Sex im Bett:
Mann: „Woran denkst du?"
Frau: „Kennst du nicht!"

•••••

Als der Mann abends nach Hause kommt, sagt sein Sohn kommt ihm ganz aufgeregt. „Du, Papa, Mama wäre heute beinahe in den Himmel gekommen."
„Wie kommst du denn darauf?"
„Als ich heute nach Hause kam, lag Mama ganz nackt auf dem Fußboden und rief: ‚Oh Gott, ich komme.'"
„Und was ist dann passiert?", fragt der Vater.
„Zum Glück hat sich der Postbote auf Mama geschmissen und sie festgehalten."

•••••

Ein Mann erwacht aus dem Koma. Seine Ehefrau war Tag und Nacht an seinem Bett. Da bedeutet er ihr, näher zu kommen und flüstert: „In all den schlimmen Zeiten warst du stets an meiner Seite. Als ich entlassen wurde, warst du für mich da. Als dann mein Geschäft pleite ging, hast du mich unterstützt. Als wir das Haus verloren, du hieltest zu mir. Als es dann mit meiner Gesundheit abwärts ging, warst du stets in meiner Nähe. Weißt du was?"
Ihre Augen füllen sich mit Tränen der Rührung. „Was denn, mein Liebling?", haucht sie.
„Ich glaube, du bringst mir Pech!"

•••••

Der Ehemann: „Ich habe gesehen, wie du heute morgen jemanden geküsst hast. War es der Postbote oder der Milchmann?"
Daraufhin die Ehefrau: „War es um sieben oder um neun?"

•••••

Die letzten Worte des Postboten: „Braves Hündchen!"

•••••

Ein Urlauber fragt aus dem Wasser heraus einen Vorbeikommenden: „Sagen Sie, gibt es hier Krebse, Seeigel oder sonstiges Stacheltier?"
„Da brauchen Sie sich keine Sorgen machen, die Haie fressen alles weg."

•••••

Der Verkäufer: „Diesen Mantel können Sie zu jeder Jahreszeit tragen."
„Auch bei warmem Wetter?"
„Selbstverständlich, bei warmem Wetter tragen Sie ihn über dem Arm."

•••••

„Mama, wie lang bist du schon mit Papa verheiratet?"
„Zehn Jahre, mein Kind!"
„Und wie lange musst du noch?"

•••••

„Kein Grund zur Aufregung!", ruft der Pilot, als er mit dem Fallschirm auf dem Rücken durch das Flugzeug rennt. „Ich springe jetzt ab und hole Hilfe!"

•••••

Eine junge Frau macht zum ersten Mal eine Kreuzfahrt. Sie schreibt nach Hause:
Montag: Ich hatte die große Ehre, zum Abendessen an die Kapitänstafel gebeten zu werden.
Dienstag: Ich habe den Abend mit dem Kapitän auf der Brücke verbracht.
Mittwoch: Der Kapitän hat mir Anträge gemacht, die eines Offiziers unwürdig sind.
Donnerstag: Der Kapitän hat gedroht, das Schiff zu versenken, wenn ich nicht nachgebe.
Freitag: Ich habe eintausend Menschenleben gerettet.

•••••

Der Flugkapitän begrüßt nach dem Start die Passagiere an Bord: „Wir haben jetzt die Flugreisehöhe von 10.000 m erreicht, das Wetter ist gut ..." Doch plötzlich ein Aufschrei: „Aaah ... verdammt nochmal ...!"
Dann 2 Minuten Totenstille an Bord. Endlich meldet sich der Kapitän wieder: „Liebe Passagiere, entschuldigen Sie die Unterbrechung, aber die Stewardess hat eine heiße Tasse Kaffee auf meine weiße Hose vergosen. Sie sollten sie jetzt mal von vorne sehen ..."
Da ruft ein Passagier: „Sie sollten erst mal meine Hose von hinten sehen ..."

•••••

Peter wacht morgens mit einem furchtbaren Kater auf. Er öffnet langsam die Augen und erblickt eine Packung Aspirin und ein Glas Wasser auf dem Nachttisch. Auf dem Stuhl ist seine gesamte Kleidung, schön zusammengefaltet. Das Schlafzimmer ist in perfektem Zustand, alles sauber und ordentlich aufgeräumt
Neben dem Aspirin liegt ein Zettel: „Liebling, das Frühstück steht in der Küche, ich bin einkaufen. Ich liebe dich!"
Also geht er in die Küche und tatsächlich – da steht ein fertig gemachtes Frühstück und die Morgenzeitung liegt auf dem Tisch. Außerdem sitzt da sein Sohn und isst.
Peter fragt ihn: „Sag mal, was ist gestern eigentlich passiert?"
Sein Sohn: „Tja, Papa, du bist um vier Uhr morgens heimgekommen, total besoffen und eigentlich schon halb bewusstlos. Du hast in den Vorgarten gepinkelt, in den Eingangsflur gekotzt und ein paar Möbel demoliert."
Völlig verwirrt fragt Peter weiter: „Und warum ist dann alles hier so aufgeräumt, meine Klamotten sauber zusammengelegt und das Frühstück auf dem Tisch?"
Da erklärt der Sohn, „Mama hat dich ins Schlafzimmer geschleift und aufs Bett gewuchtet, aber als sie versuchte, dir die Hose auszuziehen, hast du gesagt: ‚Hände weg, Fräulein, ich bin glücklich verheiratet!'"

2

BERUF ODER BERUFUNG?

OB ALS ARZT, POLIZIST ODER CHEF ...
BEI DER AUSÜBUNG EINER TÄTIGKEIT KANN MAN VIEL ERLEBEN!

Der Kunde beim Bäcker: „Ich hätte gerne 10 Brötchen!"
Als er seine Brötchen erhält: „Die sind ja steinhart, sind die etwa von gestern?"
Die Verkäuferin: „Ja, wenn Sie welche von heute wollen, kommen Sie eben morgen wieder!"

Sagt der Kunde beim Bäcker: „Ich hätte gerne 99 Brötchen!"
Meint der Bäcker: „Nehmen Sie 100, dann sind die letzten 10 umsonst!"
Der Kunde darauf: „Ja, sind Sie denn wahnsinnig? Wer soll die denn alle essen?"

Ein Mann fragt in der Anwaltskanzlei nach den Gebühren für eine Rechtsberatung.
„500 Euro für drei Fragen", antwortet der Anwalt.
„Ist das nicht irre viel für eine Rechtsberatung?", will der Mann wissen.
„Ja, und die dritte Frage?"

Der Mann kommt völlig aufgelöst zum Arzt: „Herr Doktor, ich habe schon seit Tagen keinen Stuhl!"
„Na, dann setzen Sie sich doch erstmal."

Die Patientin: „Küssen Sie mich, Herr Doktor!"
„Das geht nicht, genau genommen dürfte ich noch nicht einmal nackt neben ihnen auf der Couch liegen."

Der Chefarzt beruhigt den frisch operierten Patienten: „Machen Sie sich keine Sorgen, in zwei Wochen sind Sie wieder draußen. So oder so."

Beim Arzt:
„Rauchen Sie?" „Nein."
„Trinken Sie?" „Nein."
„Grinsen Sie nicht so blöde, ich finde schon noch was!"

Der Patient zum Arzt: „Ich kann mich nicht zwischen der Operation und dem Tod entscheiden."
Der Arzt zum Patienten: „Mit etwas Glück können Sie beides haben."

Die hochschwangere Frau fragt den Arzt: „Herr Doktor, in welcher Stellung bringe ich denn mein Kind am besten zur Welt?"
Der Arzt jovial: „In derselben, in der Sie es empfangen haben."
„Was, mit den Beinen aus dem Schiebedach?"

Der Psychiater malt einen senkrechten Strich auf seinen Block: „Woran denken Sie hierbei?
„An nackte Frauen", entgegnet der Patient.
Der Psychiater zeichnet einen Kreis: „Und woran denken Sie jetzt?"
„Wieder an nackte Frauen!"
Der Psychiater zeichnet einen Stern: „Und an was denken Sie jetzt?"
„Nackte Frauen, was denn sonst?"
Der Psychiater legt den Bleistift aus der Hand: „Ich glaube, nackte Frauen sind eine fixe Idee bei Ihnen."
„Bei mir? Welches Ferkel hat denn den ganzen Schweinkram gemalt?"

*****

„Herr Doktor, bitte helfen Sie mir, ich habe ständig dieses Händezittern!"
„Trinken Sie denn viel?"
„Nein, das Meiste verschütte ich!"

*****

Der Assistenzarzt operiert zum ersten Mal. Der Chefarzt blickt ihm über die Schulter. „Nein, nein! Nur der Blinddarm. Das andere Zeug tun Sie schön wieder hinein!"

*****

Was trennt drei Säufer von drei Schlampen?
Die Tür des Cockpits!

*****

Der Staranwalt hat den Prozess gewonnen und telegrafiert seinem Mandanten: „Die Gerechtigkeit hat gesiegt!"
Antwort: „Sofort in Berufung gehen!"

*****

Wer waren die ersten Politiker?
Die heiligen drei Könige!
Sie legten ihre ehrliche Arbeit nieder, kleideten sich in schöne Gewänder und gingen auf Reisen.

*****

Wie fängt ein Mathematiker eine Schafherde?
Er wickelt sich in Stacheldraht ein und definiert sich dann als „Außen".

*****

Der Rechtsanwalt: „Bitte kommen Sie doch in Sachen ihrer Frau vorbei"
„Ich weiß nicht, ob ich da reinpasse!"

*****

Der Arzt am Krankenbett: „Ihre Frau gefällt mir gar nicht!"
Meint der Ehemann: „Mir auch nicht, aber es wird doch nicht mehr lange dauern, oder?"

*****

Die letzten Worte des Lebensmittelchemikers: „Und nun der Geschmackstest!"

*****

„Herr Ober, in meiner Suppe schwimmt ein Hörgerät!"
„Wie bitte?"

•••••

Zwei Polizisten finden eine Leiche vor einem Gymnasium. Sagt der eine: „Wie schreibt man denn Gymnasium?" Der andere denkt länger nach und meint schließlich: „Komm, schleppen wir ihn vor die Post!"

•••••

Der Chefarzt mahnt den jungen Assistenzarzt: „Sie müssen beim Ausfüllen der Totenscheine unbedingt besser aufpassen! Sie haben schon zum zweiten Mal unter Todesursache ihren Namen eingetragen!"

•••••

Die Frau beim Arzt: „Herr Doktor, ich habe einen Knoten in der Brust!"
Der Arzt: „Wer macht denn sowas?"

•••••

Der Patient verzweifelt: „ Herr Doktor, können Sie mir helfen?"
„Ich verschreibe Ihnen erst mal ein paar Moorbäder."
„Und die helfen?", will der Patient wissen.
„Nein, aber Sie gewöhnen sich schon mal an feuchte Erde."

•••••

Ein Mann lobt überschwenglich: „Herr Doktor, ich möchte Ihnen meine ewige tiefste Dankbarkeit ausdrücken."
„Als Patient oder als Erbe?"

•••••

„Herr Doktor, ich bin vom Baum gefallen!"
„Hoch?"
„Blödsinn, runter natürlich!"

•••••

„Herr Doktor, meine Frau hat wahnsinnig hohes Fieber!"
„Wie hoch ist das Fieber denn genau?"
„Na ja, unser Fieberthermometer ist kaputt, aber das Einmachthermometer steht auf ‚Mirabellen'!"

•••••

„Herr Doktor, ich habe so ein merkwürdiges Flimmern vor den Augen!"
„Na, dann sehen Sie doch einfach nicht hin!"

•••••

Der Arzt besorgt zum Patienten: „Sie müssen unbedingt mit dem Trinken aufhören. Ihre Blutprobe hat sich verflüchtigt, bevor ich sie untersuchen konnte."

•••••

Der Mann kommt aufgeregt zum Psychiater: „Herr Doktor, ich kann in die Zukunft sehen!"
Fragt der Arzt: „Wann hatten Sie denn die ersten Symptome?"
Der Mann: „Nächsten Donnerstag!"

•••••

Kommt ein Mann zum Arzt: „Herr Doktor, mir hat beim Schwimmen ein Hai den Unterarm abgebissen!"
Der Arzt zerstreut: „Jaja, das machen die ..."

•••••

Nach der 10. Sitzung will der Psychiater von seinem Patienten wissen: „Und? Was machen Ihre Minderwertigkeitsgefühle?"
Bedankt sich der Patient: „Wie weggeblasen, Sie fette alte Schwuchtel!"

•••••

Ein 82-jähriger erklärt seinem Arzt: „Ich werde nächste Woche wieder heiraten."
Sagt der Arzt: „Na, herzlichen Glückwunsch – wie alt ist denn die glückliche Braut?"
„18, Herr Doktor."
Der Arzt ist entsetzt: „Ich muss Sie wirklich warnen: zuviel sexuelle Aktivität kann in diesem Alter tödlich sein!"
Meint der Mann: „Na ja, wenn sie stirbt, dann stirbt sie halt!"

•••••

Der Patient zum Arzt: „Bitte sagen Sie mir die ungeschminkte Wahrheit, Herr Doktor: ist meine Krankheit schlimm?"
Antwortet der Arzt: „Lassen Sie es mich so sagen: Wenn ich Sie heile, werde ich weltberühmt."

•••••

„Einen Moment, Schwester, ich muss das Rezept noch unterschreiben!"
„Herr Doktor, das ist ein Thermometer!"
„Verdammt, wo steckt dann bloß mein Kuli?"

•••••

Die dicke Frau beim Konditor: „Ich möchte gerne für 3 Euro Rumkugeln!"
„Tun Sie sich keinen Zwang an."

•••••

Der Makler sagt zum Hauskäufer: „Ich will ehrlich zu Ihnen sein, diese Immobilie hat natürlich auch ihre Nachteile: Im Norden ist eine Kläranlage, im Westen eine Stinktierzucht, im Süden die Mülldeponie und im Osten die größte Fischfabrik des Landes."
„Mein Gott, was für Vorteile bleiben denn dann noch?"
„Sie wissen immer genau, woher der Wind weht!"

•••••

Der Gast möchte zahlen.
„Was hatten sie denn?", will der Ober wissen.
„Das weiß nur der Koch. Bestellt hatte ich Forelle."

●●●●●

„Herr Ober, ist das Kaffee oder Tee, was Sie gerade serviert haben?"
„Wie schmeckt es denn?"
„Wie Spülwasser!"
„Dann ist es Kakao!"

●●●●●

Der Kellner bringt den Kaffee und blickt sinnierend aus dem Fenster: „Sieht nach Regen aus."
Der Gast meint tröstend: „ Na ja, aber ein bisschen schmeckt er auch nach Kaffee."

●●●●●

„Herr Doktor, ich bin 102 Jahre alt und laufe immer noch den jungen Weibern hinterher."
„Na, seien Sie doch froh, dass Sie das noch können in dem gesegneten Alter!"
„Ja, aber ich weiß nicht mehr, wieso!"

●●●●●

Sagt der Wirt: „Also ihrem Dialekt nach zu urteilen sind Sie Rheinländer."
Meint der Gast: „Und ihren Frikadellen nach zu urteilen sind Sie Bäcker!"

●●●●●

Alte Mathematiker sterben nicht – sie verlieren nur einige Funktionen.

●●●●●

Ein theoretischer Physiker, ein experimenteller Physiker und ein Mathematiker sitzen in Einzelhaft. Nach einer Woche gibt es endlich etwas zu essen – für jeden eine Konservendose ohne Öffner. Der theoretische Physiker wirft die Dose stundenlang an die Wand. Mit Erfolg: irgendwann platzt die Dose und er kann essen. Der experimentelle Physiker untersucht die Dose sorgfältig, stellt einige Berechnungen an und wirft die Dose schließlich gezielt an die Wand. Sofort ist die Dose auf. Als man die Zelle des Mathematikers öffnet, sitzt er grübelnd vor seiner Dose: „Angenommen, die Dose wäre geöffnet ..."

●●●●●

Der erste Arbeitstag des Jungakademikers im Büro. Der Chef sagt: „Nehmen Sie zuerst mal den Besen da hinten und fegen Sie hier!"
Der Akademiker entrüstet: „Aber ich komme direkt von der Universität!"
Meint der Chef verständnisvoll: „Ach ja, mein Fehler, entschuldigen Sie – ich zeige Ihnen sofort, wie das geht!"

●●●●●

Der Hauptmann sagt beim Appell zum Rekruten: „An Ihrer Uniform fehlt ein Knopf!"
Der Rekrut: „Na, Sie haben vielleicht Sorgen!"

*****

Der Feldwebel fragt den Rekruten: „Was sind Sie von Beruf?"
„Bakteriologe."
„Reden Sie nicht so geschwollen daher, Mann, Bäcker heißt das!"

*****

Der kurzsichtige Feldwebel: „Stillgestanden, Männer! Das gilt auch für den Kleinen mit der roten Mütze da hinten!"
„Aber Herr Feldwebel, das ist doch ein Hydrant!"
„Ist mir völlig egal, hier haben auch Akademiker zu gehorchen!"

*****

Der Leutnant betritt die Stube und brüllt den herumlümmelnden Soldaten an: „Soldat, wenn ich Sie hier noch einmal sitzend erwische, dann sind Sie aber sowas von gefickt."
„Ach, Herr Leutnant, immer diese leeren Versprechungen!", säuselt der Soldat.

*****

Im zweiten Weltkrieg sitzen zwei Franzosen im Schützengraben.
„Herr Leutnant, die Deutschen kommen!"
„Sind sie hübsch?"
„Nein"
„Feuer!"

*****

Der Banker gibt dem Bettler 2 Euro: „Dass Sie mir aber bloß keinen Alkohol davon kaufen!"
„Ihnen? Wie käme ich denn dazu?"

*****

Zwei Männer treffen sich 1000 Meter über dem Erdboden.
„Reparieren Sie Fallschirme?"
„Nein, Gasleitungen!"

*****

„Herr Wirt, in meinem Zimmer tropft es von der Decke! Ist das immer so?"
„Nein, nur wenn es regnet!"

*****

„Herr Ober! Auf meinem Salat hüpft eine Fliege!"
„Für 9 Euro können Sie aber auch kein Ballett erwarten!"

*****

„Herr Ober! Die Suppe schmeckt komisch!"
„Wieso lachen sie dann nicht?"

*****

„Entschuldigen Sie, Herr Ober, was macht ihr Daumen auf meiner Bockwurst?"
„Meinen Sie, dass sie zum vierten Mal runterfallen soll?"

*****

„Herr Ober, in meiner Suppe schwimmt eine Fliege!"
„Was soll sie denn sonst tun? Radfahren?"

*****

„Herr Ober nehmen Sie sofort den Finger aus meiner Suppe!"
„Es tut mir leid, mein Herr, aber der Arzt hat gesagt, das Geschwür an meinem Finger muss warm gehalten werden."
„Dann stecken Sie sich ihren verdammten Finger halt in den Arsch!"
„Mach' ich ja, mach' ich ja, aber zwischendurch muss ich ja auch servieren!"

*****

Der Richter: „Und? Erkennen Sie in dem Angeklagten den Dieb Ihres Autos wieder?"
Der Kläger: „Nach dem Plädoyer des Herrn Verteidigers bin ich mir nicht mehr sicher, jemals ein Auto besessen zu haben."

*****

Der Richter: „Und wann haben Sie in der fraglichen Nacht bemerkt, dass das Grundstück bewacht war?"
„Als ich die Zähne von dem Dobermann im Hintern spürte."
„Stimmt das, Herr Dobermann?"

*****

Der Richter hart zum Angeklagten: „Und? Bekennen Sie sich schuldig?"
Das kann ich im Moment noch nicht sagen, ich muss erst hören, was die Zeugen wissen."

*****

Was ist der Unterschied zwischen Gott und einem Juristen?
Gott denkt nicht, er wäre ein Jurist.

*****

„Angeklagter, hatten Sie bei dem Einbruch einen Genossen?"
„Nein, Herr Richter, ich war völlig nüchtern!"

*****

„Angeklagter, sind Sie verheiratet!"
„Ja, Herr Richter!"
„Mit wem?"
„Mit einer Frau!"
„Mein Gott, das ist ja wohl klar!"
„Sagen sie das nicht, meine Schwester ist zum Beispiel mit einem Mann verheiratet!"

*****

Auf dem Bau erschlägt der Maurer eine Schnecke mit einer Holzlatte. „Warum hast du denn das getan?", will der Polier wissen.
„Das verdammte Biest verfolgt mich schon den ganzen Tag!"

*****

Der Arzt sagt zum Patienten: „Ich habe eine gute und eine schlechte Nachricht. Welche wollen sie zuerst hören?"
„Die Gute."
„Durch meine neue Therapie ist ihr Krebs geheilt! Die schlechte Nachricht: Sie haben jetzt Alzheimer!"
„Oh, und was ist die Gute?"

*****

Aus dem Handbuch des Rekruten: Beim Tarnen im Feld ist das Geräusch einer wachsenden Rübe nachzuahmen.

*****

Aus dem Handbuch des Rekruten: Bei Nacht wird das Sehen der Soldaten durch Dunkelheit erschwert.

*****

Aus dem Handbuch des Rekruten: Hügel und Berge unterscheiden sich von ihrer Umgebung vor allem durch ihre Höhe.

*****

Aus dem Handbuch des Rekruten: Bei Wassertiefen über 1,20 m hat der Rekrut selbständig mit Schwimmbewegungen zu beginnen. Der Gruß des Vorgesetzten darf entfallen.

*****

Zwei Polizisten fischen einen toten Polen aus der Donau. Der Mann hat einen Knebel im Mund, seine Hände sind mit schweren Eisenketten auf den Rücken gefesselt und die Füße in einem Zementblock einbetoniert. Meint der eine zu seinem Kollegen: „Siehst du, die klauen immer mehr, als sie tragen können!"

*****

Kommt ein Mann in die Apotheke und verlangt 10 Gramm Arsen.
„Haben Sie dafür denn ein Rezept?", will der Apotheker wissen.
„Nein, aber ein Foto meiner Frau!"

*****

Bankdirektor zum Angestellten: „Sie sehen in letzter Zeit immer völlig überarbeitet aus – weiter so!"

*****

Der Banker beim Psychiater: „Herr Doktor, niemand kann mich leiden!"
„Haben Sie eine Ahnung, woran das liegen könnte?"
„Das sollen Sie doch rausbekommen, Sie Dünnbrettbohrer!"

*****

Fragt der Buchhalter: „Warum hängen denn hier Handschellen an der Wand?"
„Ich möchte, dass Sie sich über die Karriere Ihres Vorgängers stets im klaren sind!"

*****

Der neue Azubi steht ratlos vor dem Reißwolf. Eine freundliche Kollegin fragt, ob sie helfen könne. „Ich habe nicht die leiseste Ahnung, wie das Ding hier funktioniert." Mit den Worten: „Ach, das geht ganz einfach" nimmt die Kollegin die dicke Mappe und steckt sie in die Maschine.
„Danke, und wo kommen die Kopien raus?"

*****

Ein bankrotter Banker steht wegen Betrugs vor Gericht.
Streng ermahnt ihn der Richter: „Angeklagter, der Alkohol ist schuld an ihrer momentanen Lage."
„Danke Herr Richter, Sie sind der erste, der nicht mir die Schuld gibt."

*****

Ein Mann stürzt wild mit den Händen fuchtelnd ins Sprechzimmer des Psychiaters: „Schmetterlinge, überall die verdammten Schmetterlinge!"
„Doch nicht alle zu mir rüber!"

*****

„Ihre Krankheit ist äußerst ansteckend und gefährlich. Wir verlegen Sie auf die Quarantäne-Station, wo sie nur Kartoffelpulver und Spiegeleier essen dürfen."
„Werde ich davon wieder gesund?"
„Nein, aber das ist das einzige, was unter der Tür durchpasst!"

*****

Der Arzt: „Wie kann ich Ihnen helfen?"
Der Patient: „Ich halte mich für eine Motte."
Der Arzt: „Ich bin Allgemeinmediziner. Sie brauchen einen Psychiater."
„Ich weiß, aber bei Ihnen brannte noch Licht!"

*****

„Herr Ober, ich habe Hunger wie ein Wolf!"
„Tut mir leid, Rotkäppchen ist aus!"

*****

„Herr Ober, in meiner Suppe schwimmen vier Fliegen!"
„Ach wie niedlich, eine Staffel!"

*****

„Herr Ober! In meiner Suppe schwimmt eine Fliege!"
„Nicht so laut, nicht so laut, sonst wollen die anderen auch eine!"

*****

Ein Mann mit nur drei Haaren kommt zum Friseur. Der Friseur: „Wie hätten Sie's denn gerne?"
„Eins links, eins rechts, und der Rest wild durcheinander!"

*****

Sagt der Mann zum Psychiater: „Meine ganze Familie hält mich für verrückt, weil ich Würstchen mag!"
Meint der Psychiater: „Das ist doch nicht schlimm, sehen Sie, ich mag Würstchen auch sehr gerne."
„Dann müssen Sie unbedingt mal vorbeikommen! Ich habe Tausende!"

*****

Der Pilot: „Verehrte Fluggäste, wir befinden uns jetzt 11.000 Fuß über dem Atlantik."
Er vergisst, nach der Durchsage das Mikro auszuschalten, so dass alle Fluggäste hören:
„Jetzt einen heißen Kaffee und einen guten Blowjob, dann geht's mir prima!"
Mit feuerrotem Gesicht sprintet die Stewardess Richtung Cockpit, um den Piloten über den peinlichen Vorfall aufzuklären.
Ruft ein Passagier ihr hinterher: „Sie haben den Kaffee vergessen!"

*****

Eine Frau verzweifelt beim Psychiater: „Herr Doktor, mein Mann ist verrückt! Jeden Morgen beim Frühstück verspeist er die Kaffeetasse und lässt nur den Henkel übrig!"
„So ein Irrer, wo doch jeder weiß, dass der Henkel das Beste ist!"

*****

Anwalt zur scheidungswilligen Frau: „Trinkt Ihr Mann?"
„Nein!"
„Schlägt er Sie?"
„Nein, niemals!"
„Und wie ist es mit der ehelichen Treue?", will der Anwalt wissen.
„Damit kriegen wir ihn! Zwei unserer Kinder sind nicht von ihm!"

*****

Der Arzt: „Es tut mir leid, aber diese Tabletten müssen Sie ab jetzt bis an Ihr Lebensende täglich nehmen!"
Der Patient: „Aber Herr Doktor – drei Stück?"

*****

Der Personalchef: „Sie können Montag anfangen. Bezahlt werden Sie nach Leistung."
„Tut mit leid, davon kann ich nicht leben."

*****

Richter: „Angeklagter, erkennen Sie diesen Revolver wieder?"
„Aber selbstverständlich, Herr Richter!"
Der Richter erleichtert: „Na endlich kommen wir hier weiter!"
Angeklagter: „Sie haben ihn mir doch letzte Woche täglich gezeigt!"

•••••

„Herr Ober, ich bestelle das Essen jetzt schon zum dritten Mal!"
„Freut mich sehr, dass es Ihnen so gut schmeckt!"

•••••

Der Jagdpächter inspiziert nach der Treibjagd die Beute: „15 Rehe, 2 Keiler, 20 Rebhühner, 4 Fasane, ein Treiber ... um Gotteswillen!" Sofort rast er mit dem Verletzten ins Krankenhaus.
Der Arzt schaut sich den Fall an: „Also, die paar Schrotkörner im Hintern hätten ihm kaum geschadet, aber dass ihre Jungs ihn ausgenommen haben, wird er wohl kaum überleben."

•••••

Der Arzt im Krankenhaus nimmt nach der Visite diskret die Ehefrau beiseite: „Hören Sie, Ihr Mann gefällt mir überhaupt nicht."
„Mir ja auch nicht, Herr Doktor, aber die Kinder hängen doch so an ihm!"

•••••

Zwei Jäger auf Ansitz. Ein prächtiger Hirsch betritt die Lichtung. Der Jungjäger legt an. Der erfahrene Altjäger: „Nein, den nicht, der ist zu jung!"
Beim nächsten Hirsch sagt der ältere Jäger: „Nein, den auch nicht! Der ist zu alt!"
Einige Zeit später betritt ein fürchterlich zugerichteter Hirsch die Lichtung: Er hinkt, ein Auge fehlt, beide Ohren sind völlig zerfleddert, das Fell ist löchrig und anstelle eines Geweihs hat das arme Tier nur ein paar kurze Stummel.
Der Altjäger: „Den kannste! Auf den schießen wir auch immer!"

•••••

Was ist die seltenste Flüssigkeit der Welt?
Beamtenschweiß.

•••••

Warum streiken Beamte nicht?
Weil man dann merken würde, dass man sie nicht braucht.

•••••

Wie viele Aktienhändler benötigt man, um eine Glühbirne zu wechseln?
Zwei. Der eine lässt die Birne fallen, und der andere versucht sie zu verkaufen, bevor sie den Boden erreicht.

•••••

Zwei Jäger ziehen den erlegten Hirsch an den Hinterläufen zum Auto. Ein Kollege ruft ihnen zu: „Wenn ihr an den Vorderläufen zieht, wird's einfacher!" Die beiden probieren's aus.
„Mensch, wir Dummköpfe, das geht ja wirklich viel leichter!", bemerkt der eine.
„Ja, schon, aber das Auto ist immer weiter weg!"

*****

Der Optiker zum Kunden: „Sie brauchen eine neue Brille mit mindestens 9 Dioptrien."
Der Kunde begeistert: „Wie haben Sie das denn so schnell herausbekommen?"
„Weil Sie durchs Fenster herein gekommen sind statt durch die Tür!"

*****

Richter zum Zeugen: „Stimmt es, dass die Angeklagte einen zweifelhaften Lebenswandel hat?"
Zeuge: „Auf jeden Fall! Ich habe sie schon öfters in Lokalen getroffen, die ich niemals betreten würde!"

*****

„Angeklagter, nennen Sie uns endlich den Namen Ihres Komplizen!"
„Meinen Sie, ich würde meinen eigenen Bruder verpfeifen?"

*****

Zwei Polizisten fahren mit dem Streifenwagen gegen einen Baum. Meint der eine: „Mensch, so zügig waren wir aber noch nie am Unfallort!"

*****

Der Richter zum Angeklagten: „Mir reicht's jetzt mit Ihnen. Sie sollten wirklich einmal versuchen, ein ganz anderer Mensch zu werden."
„Habe ich ja, Herr Richter – und dann sechs Monate wegen Urkundenfälschung bekommen!"

*****

Ein Mann steht morgens um vier zitternd vor der Haustür.
Der Streifenpolizist fragt: „Was wollen Sie denn hier?"
„Ich muss zu einem Vortrag."
„Zu einem Vortrag? Hier? Jetzt? Hier gibt es keinen Vortrag."
„Oh", sagt der Mann, „da kennen Sie aber meine Frau schlecht."

*****

Der Reisende zum Portier: „Ich hätte gerne ein Zimmer."
Der Portier: „Tut mir leid, wir sind ausgebucht."
Der Reisende: „Hätten Sie ein Zimmer für den Präsidenten, wenn er käme?"
Der Portier: „Aber selbstverständlich!"
Darauf der Reisende: „Dann geben Sie mir bitte sein Zimmer. Er kommt heute nicht."

*****

Drei Bettler sitzen in New York nebeneinander am Straßenrand. Der erste hält ein Schild „betteln" hoch und hat am Abend 10 Dollar in seinem Hut. Am nächsten Tag hat der zweite ein Schild „betteln.com". Am Abend hat er 10.000 Dollar im Hut. Wieder einen Tag später hat der dritte Bettler ein Schild „e-Betteln.com". IBM und HP schicken ihre Vizepräsidenten, um über eine strategische Allianz und mögliche Synergie-Effekte zu verhandeln, bieten ihm kostenlose Hardware und professionelle Beratung an und Larry Ellison erklärt im Fernsehen, dass e-betteln.com mit der neuesten ORACLE-Technologie arbeite; Cisco verkündet stolz, dass beinahe der komplette Datenverkehr von e-betteln.com über ihre Networking Systems laufe.

Fragt der Richter den Angeklagten: „Halten Sie sich wirklich für fähig, ein Kraftfahrzeug zu führen? Schließlich haben Sie in einer Woche bereits 3 Fußgänger angefahren!"
Der Angeklagte: „Wie viele darf man denn höchstens?"

Warum können Beamte nur dreilagiges Toilettenpapier benutzen?
Weil sie von jedem Scheiß 2 Kopien brauchen.

Wie kann man an der Börse ein kleines Vermögen machen?
Indem man mit einem großen anfängt.

Der Chef zu seinem Angestellten: „Seit einer geschlagenen Stunde sehen sie einer Fliege zu. Haben Sie denn noch niemals eine gesehen?"
„Doch, aber im Büro denkt man einfach ganz anders darüber nach!"

Sagt der Fernfahrer zu seinem Chef: „Boss, der Außenspiegel an meiner Karre ist kaputtgegangen!"
„Na, dann wechseln Sie ihn doch aus!"
„Geht nicht, der LKW liegt oben drauf!"

Die ältere Dame zum Bettler: „Sie sind doch jung und gesund, wieso finden Sie denn keine Arbeit?"
Lächelt der Bettler: „Ich bin halt ein Glückspilz!"

Ein Beamter zeigt seiner Frau stolz ein Bild von seiner Amtsstube mit den Kollegen: „Sieh mal, eine Stunde belichtet und kein Einziger verwackelt!"

Zwei Jäger auf der Pirsch im Wald. Plötzlich fasst der eine sich ans Herz und fällt um. Der andere Jäger greift zu seinem Handy und ruft den Notarzt an: „Ich glaube, mein Freund ist tot. Was soll ich tun?", fragt er voller Panik.
„Immer ruhig bleiben", wird ihm geantwortet, „überzeugen Sie sich zuerst, ob er wirklich tot ist."
Ein Moment Stille, dann fällt ein Schuss. Der Jäger fragt: „Gut. Und was nun?"

•••••

„Chef, morgen ist mein Scheidungstermin, ich hätte gerne den Tag frei."
„Kommt überhaupt nicht in Frage, für Vergnügungen gibt's bei mir keinen Urlaub!"

•••••

Die Kellnerin nimmt die Bestellung auf: „Was hätten sie denn gerne? Wein, Cognac, Whiskey, Wodka, Gin ...?" Der Gast: „Und ein Bier dazu!"

•••••

Ein Mann betritt einen Computerladen: „Ich suche ein spannendes Grafik-Adventure, das mich auch nach Wochen noch so RICHTIG fordert!"
„Haben Sie das neue Windows schon ausprobiert?"

•••••

Sagt der Arzt zum Patienten: „Was macht denn Ihr altes Leiden?"
„Keine Ahnung, Herr Doktor, ich bin seit 6 Monaten geschieden!"

•••••

Zwei Tischler tragen ein Regal zu einem Kunden. Der eine stolpert plötzlich. Der andere fragt besorgt: „Was ist denn passiert?"
„Ich bin auf einer Schnecke ausgerutscht!"
„Hast du die nicht gesehen?"
„Wie denn, du Idiot, die kam doch von hinten!"

•••••

Ein Jäger zeigt stolz seine Trophäensammlung.
„Aber da hängt ja ein Frauenkopf – und die lächelt auch noch!"
„Ach, das ist meine Schwiegermutter – sie hat bis zum Schluss geglaubt, ich mache ein Foto!"

•••••

Herr Direktor, unser Investmentbanker ist aus dem Fenster gesprungen!
„Unglaublich, der Kerl hat erst in einer Stunde Feierabend!"

•••••

Maier ist beim Psychiater, weil er seit einiger Zeit Bettnässer ist. Verzweifelt erklärt er: „Herr Doktor, immer wenn ich eingeschlafen bin, erscheint mir im Traum ein kleines gelbes Männchen. Das Männchen sagt: „Du musst pinkeln, du wirst pinkeln, du pinkelst!" Und dann mache ich ins Bett!"
Der Psychiater rät: „Das ist einfach. Wenn das Männchen das nächste Mal erscheint, dann entgegnen Sie einfach: „Ich muss nicht pinkeln, ich werde nicht pinkeln und ich pinkele nicht!"
In der nächsten Nacht erscheint das Männchen erneut in Maiers Träumen. Maier sagt sofort: „Ich muss nicht pinkeln, ich werde nicht pinkeln und ich pinkele nicht!"
Sagt das Männchen: „Aha, wohl beim Psychiater gewesen? Aber heute wird gekackt!"

•••••

„Herr Doktor, kann ich mit meinem Durchfall baden?"
„Warum nicht, wenn Sie die Wanne voll bekommen!"

•••••

„Ist die Operation gelungen?", fragt der verängstigte Patient.
„Kein Problem, ich mache sie schon zum 24ten Mal!"
„Na, dann bin ich ja beruhigt."
Sagt der Arzt: „Ich auch. Schließlich muss es ja irgendwann einmal klappen!"

•••••

Psychiater: „Wie lange glauben Sie schon, Sie seien ein Prinz?"
Patient: „Seit ich kein Frosch mehr bin!"

•••••

„Schwester, wo werde ich hingebracht?"
„Wir bringen Sie in die Leichenkammer!"
„Aber ich bin doch noch gar nicht tot!"
„Wir sind ja auch noch nicht da!"

•••••

„Herr Doktor, der Simulant aus Zimmer 21 ist gestorben!"
„Also nun übertreibt er aber wirklich!"

•••••

Läuft der neue Assistenzarzt pfeifend über den Flur. Dabei wird er vom Oberarzt angesprochen: „Ah, wie ich sehe, ist die Operation sehr gut verlaufen!"
„Operation? Sie sagten doch: Obduktion?"

•••••

„Chef, kann ich heute 1 Stunde früher gehen? Ich muss mit meiner Frau einkaufen gehen."
„Nein!"
„Danke Chef, auf Sie ist immer Verlass."

•••••

Ein älterer Mann ist auf dem See ins Eis eingebrochen. Ein junger Mann rettet ihn. Später: „Sind Sie nicht Lehrling in meiner Firma?"
„Ja!" „Dann haben Sie jetzt einen Wunsch bei mir frei!"
Sagt der Lehrling: „Chef, sagen Sie niemandem, dass ich Sie gerettet habe."

*****

Chef zur Sekretärin: „Und schreiben Sie über das Rundschreiben unbedingt ‚streng vertraulich'! Ich möchte, dass es wirklich jeder liest."

*****

Nach einer Verfolgungsjagd stellt die Polizei den Fahrer. Doch es ist alles Ordnung: Papiere, Fahrzeug, kein Alkohol. Fragt der Polizist: „Aber warum sind Sie vor uns geflohen?"
„Ach wissen Sie", sagt der Fahrer kleinlaut, „vor drei Wochen ist meine Frau mit einem Polizisten abgehauen und wenn ich jetzt einen Polizeiwagen sehe, habe ich immer Angst, er bringt sie zurück!"

*****

Anruf vom Tierarzt: „Ihre Frau ist mit der Katze bei mir und lässt fragen, ob Sie einverstanden sind, wenn ich sie einschläfere."
„Aber ja doch, wenn es nötig ist. Setzen Sie dann die Katze einfach vor die Tür, die findet alleine zurück!"

*****

Bei einer Wahrsagerin: „Wie ich sehe, sind Sie Vater von drei Kindern."
Lacht der Mann sie aus: „Ha, das denken Sie. Ich bin Vater von vier Kindern!"
Sagt die Wahrsagerin: „Das denken Sie!"

*****

Ein Ostfriese beim Psychiater. „Ich höre Stimmen, sehe aber niemanden!"
„Immer?"
„Nein, nur beim telefonieren!"

*****

Treffen sich zwei Politiker: „Wie geht es denn so?"
„Wie geschmiert."

*****

Ein junger Mann möchte katholischer Priester werden. Der Kardinal fragt ihn nach dem Grund.
Antwortet der junge Mann: „Das ist bei uns Tradition. Mein Vater und mein Großvater waren das auch schon."

*****

Psychiater: „Ich kenne Ihr Problem noch nicht, darum fangen Sie am besten ganz am Anfang an."
„Am Anfang schuf ich Himmel und Erde ..."

*****

„Herr Ober, die Suppe können Sie wieder mitnehmen, die ist nicht mehr heiß!"
„Aber mein Herr, sie haben die Suppe ja noch nicht einmal gekostet!"
„Brauche ich nicht. Wenn Sie Ihren Daumen in der Suppe haben, kann sie nicht sehr heiß sein!"

•••••

„Herr Ober, warum kassieren Sie das Essen im Voraus?"
„Das machen wir bei unseren Pilzgerichten immer so."

•••••

„Wer hat Ihnen eigentlich gesagt", brüllt der Chef seine Sekretärin an, „dass Sie hier den ganzen Tag faulenzen können, nur weil ich Sie ein paar Mal geküsst habe?"
Lächelnd erwidert die Sekretärin: „Mein Anwalt!"

•••••

Stationsarzt zur jungen Krankenschwester:
„Haben Sie dem Patient auf Zimmer 6 das Blut abgenommen?"
„Ja, aber ich habe nur 6 Liter aus ihm herausbekommen"

•••••

Was ist schwarz und hängt an der Decke?
Ein schlechter Elektriker.

•••••

Wird der Beamte von seinem Kollegen gefragt: „Und, wie war es im Urlaub?"
„Genau wie im Büro! Man saß herum, tat nichts und wartete auf das Mittagessen."

•••••

Nach der gründlichen Untersuchung sagt der Arzt: „Ich kann nichts finden, ich glaube, das ist wohl der Alkohol."
„Na", sagt der Patient, „dann komme ich halt wieder, wenn Sie nüchtern sind!"

•••••

Nach einer Verfolgungsjagd wird eine Blondine von der Polizei gestellt. „Wir müssen einen Alkoholtest machen. Bitte pusten Sie hier mal rein!"
Der Polizist schaut sich die Ergebnisse an und meint: „Sie hatten ja einige von den ganz harten Dingern!"
„Das ist ja lustig", meint die Blondine, „Sie meinen, das zeigt er auch an?"

•••••

Ein Autofahrer wird angehalten.
„Sie haben wohl zuviel getrunken, was?"
„Kein Bisschen, Herr Wachtmeister!"
„Na, dann blasen Sie mal ins Röhrchen."
„Gerne. Ins rechte oder ins linke?"

•••••

Der Richter zum Angeklagten: „Sie haben die Wahl zwischen 7 Tagen Gefängnis oder 500 Euro!" Antwortet der Angeklagte: „Dann nehme ich natürlich lieber das Geld!"

*****

Der Zahnarzt beugt sich über die Patientin beugen und will anfangen zu bohren, als er plötzlich aufschreckt.
Arzt: „Kann es sein dass Sie Ihre Hand an meinen Hoden haben?"
Patientin: „Das stimmt, Herr Doktor. Und wir wollen uns ja nicht gegenseitig wehtun, oder?"

*****

„Ich möchte sofort Ihren Chef sprechen."
„Das geht leider nicht, er ist nicht da!"
„Aber ich habe ihn doch durchs Fenster gesehen!"
„Er Sie auch."

*****

Sitzen der Herztod und der Hirntod auf der Friedhofsmauer und unterhalten sich. Kommt eine alte Oma vorbei. Sagt der Herztod: „Die gehört mir!" Er schnippt und die Oma fällt tot um. Kommt eine Blondine vorbei. Sagt der Hirntod: „Die gehört mir!" Er schnippt und schnippt und schnippt und ...

*****

Die Frau eines Bankdirektors kommt unangemeldet in sein Büro und erwischt ihn in einer unangenehmen Position: Auf seinem Schoß sitzt die Sekretärin.
Nach einer Schrecksekunde fängt er an zu diktieren: „... und aus diesem Grunde, sehr geehrte Damen und Herren des Vorstandes, sage ich Ihnen hiermit in aller Deutlichkeit: Trotz Finanzkrise – ich benötige dringend einen zweiten Bürostuhl!"

*****

Kommt ein Mann zum Arzt: „Ich möchte gerne kastriert werden."
„Wie bitte? Haben Sie sich das auch wirklich gut überlegt?"
„Natürlich."
Nach der Operation kommt der Arzt zur Visite und fragt: „Ich habe sie noch gar nicht gefragt: Weshalb wollten Sie kastriert werden?"
„Naja, ich hab ein nettes Mädchen aus Israel kennen gelernt und bei den Juden gibt es doch diesen Brauch ..."
„Sie meinen die Beschneidung?"
„Ja, so heißt das ... ähh, wie habe ich das vorhin genannt?"

*****

Ein junger Mann kommt zum Psychiater. Während der Untersuchung macht er dauernd: „Scht, scht, scht."
„Was machen Sie da?" fragt ihn der Arzt.
„Ich vertreibe die Elefanten."
„Aber hier sind doch gar keine Elefanten!"
„Sehen Sie, es hat schon geholfen."

•••••

Ein Mann hat mächtig Sitzbeschwerden und geht zum Arzt. Der fordert ihn auf: „Machen Sie sich bitte frei, drehen Sie sich um und bücken Sie sich." Nach kurzer Untersuchung sagt er zu dem Mann: „Sie haben Hämorrhoiden!" Der Mann richtet sich wieder auf und meint: „Na und? Haben Sie sich nicht getraut, mir das ins Gesicht zu sagen?"

•••••

„Herr Direktor, draußen fragt ein Herr nach einem Termin, um sich nach dem Geheimnis Ihres Erfolgs zu erkundigen."
„Hm, ist er von der Presse oder von der Polizei?"

•••••

Fragt der Vater den Sprössling: „Hast du deine kleine Freundin eigentlich schon mal geküsst?"
„Aber natürlich!"
„Und, was hat sie dazu gesagt?"
„Weiß ich nicht, sie hat mir mit den Schenkeln die Ohren zugehalten!"

•••••

Der Offizier brüllt den wachhabenden Soldaten vor dem Munitionsdepot an: „Sag Sie mal, wie können Sie hier rauchen. Ein Funke und die ganze Munition fliegt in die Luft!"
„Na und? Sind das meine Granaten?"

•••••

Im Sorgerechtsstreit sagt die Frau zum Richter: „Ich bin die leibliche Mutter, ich brachte das Kind zur Welt mit all den Schmerzen. Ich sollte das Sorgerecht für das Kind bekommen!"
Der Richter zum Mann: „Und was sagen Sie dazu?"
Der Mann überlegt kurz und sagt: „Euer Gnaden, wenn ich eine Münze in einen Cola-Automaten hineinwerfe und eine Cola-Dose kommt heraus, wem gehört sie dann, dem Getränkeautomaten oder mir?"

•••••

Peter und Willi wollen in die Kneipe um sich zu besaufen. Aber sie haben nicht genug Geld. Da hat Peter eine Idee. Er kauft sich für einen Euro in der Metzgerei eine Bockwurst und sagt zu Willi: „Lass uns in die nächste Kneipe gehen. Wir bestellen zwei Bier und trinken sie aus. Dann gehst du vor mir auf die Knie, öffnest meinen Hosenschlitz, ziehst die Bockwurst raus und nimmst sie in den Mund. Du wirst schon sehen, was passiert."
Sie gehen in die Kneipe, trinken zwei Biere, Willi geht vor dem anderen auf die Knie, nimmt die Bockwurst in den Mund und lutscht daran.
Der Wirt sieht das, ist total sauer: „Raus hier! Solche Sauereien dulde ich hier nicht." Die beiden hauen ab. Peter sagt: „Na? Haben wir bezahlt? Nein!"
Rein in die nächste Kneipe, 2 Biere austrinken, Bockwurstnummer, Rausschmiss. Wieder nichts bezahlt. Nach zwölf weiteren Kneipen lallt Willi Peter an: „Ich kann nicht mehr. Erstens bin ich total besoffen, und dann tun mir die Knie weh. Du kannst dir nicht vorstellen, wie mir die verdammten Knie wehtun."
Peter antwortet: „Was soll ich denn sagen? Ich habe in der 7. Kneipe die Bockwurst verloren!"

Bei der Bundeswehr sollen die jungen Fallschirmspringer zum ersten Mal aus dem Flugzeug abspringen. Der Offizier begleitet jeden einzelnen zur Tür und schubst ihn hinaus. Nur einer wehrt sich mit Händen und Füßen, doch mit vollem Körpereinsatz kann ihn der Offizier doch in die Tiefe befördern. Der Nächste in der Reihe grinst breit. Brüllt ihn der Offizier an: „Worüber lachen Sie? Über diesen Feigling?"
„Feigling ist gut! Das war unser Pilot!"

Wie entstand die Bürokratie und das Beamtentum?
Im Mittelalter: Eine Stadt baut eine Brücke über den Fluss.
Die Brücke muss bewacht werden. Dafür stellt man einen Wächter ein. Der Wächter muss bezahlt werden. Dafür stellt man einen Finanzverwalter ein.
Es muss kontrolliert werden, ob die beiden auch ihre Arbeit tun. Man stellt einen Personalverwalter ein. Das Ganze muss geleitet werden. Man stellt einen Chef ein.
Kurz darauf stellen die Bürger der Stadt fest, dass das Ganze zu teuer wird. Sie entlassen den Wächter.

In einer Firma werden 3 Kannibalen als Programmierer angestellt. Der Chef begrüßt sie: „Ihr könnt jetzt hier arbeiten und verdient gutes Geld. Aber lasst die anderen Mitarbeiter in Ruhe und geht zum Essen in unsere Kantine."
Die Kannibalen versprechen, keine Kollegen zu belästigen. Nach 2 Monaten kommt der Chef zu ihnen und sagt: „Ich bin sehr zufrieden mit euch, aber wisst ihr, wo unser Systemadministrator ist? Wir vermissen ihn seit gestern."
Die Kannibalen verneinen und schwören, mit der Sache nichts zu tun zu haben. Später fragt der Anführer der Kannibalengruppe die anderen: „Gebt es zu, wer hat ihn gefressen?"
Meldet sich einer: „Ich war es."
„Du Idiot, wir ernähren uns seit vier Wochen von Gruppenleitern, Teamleitern, Projekt-Managern und Controllern, damit keiner etwas merkt, und du Depp musst den Systemadministrator fressen."

*****

Anruf beim Arzt: „Herr Doktor, ich muss den Termin heute leider absagen."
Daraufhin der Arzt: „Warum denn das?"
„Ich bin krank."

*****

Beim Psychiater: „Herr Doktor, ich habe ein Problem: Ich rede im Schlaf."
„Das machen doch viele Leute."
„Ja, aber das ganze Büro lacht schon über mich!"

*****

„Herr Ober, ich glaube, ich habe etwas zuviel getrunken. Bringen Sie mir bitte etwas, das mich wieder nüchtern macht."
„Kein Problem, hier ist die Rechnung."

*****

Der Chef ruft die gesamte Belegschaft zusammen. „Meine Herren, ich habe etwas zu verkünden: Meine Frau bekommt in sechs Monaten ein Baby!" Betretenes Schweigen.
Schließlich räuspert sich einer der Mitarbeiter: „Und – haben Sie schon einen Verdacht?"

*****

Unterhalten sich zwei Sekretärinnen: „Wie schick unser Juniorchef doch immer angezogen ist!"
„Ja, und so schnell!"

*****

„Herr Doktor, ist das eine seltene Krankheit die ich habe?"
„Keinesfalls, die Friedhöfe sind voll davon!"

*****

Ein Beamter sitzt im Büro. Da kommt eine gute Fee und eröffnet ihm, dass er drei Wünsche frei habe.
Da wünscht sich der Beamte, auf einer Südsee-Insel am Strand zu liegen. Schon liegt er am schönsten Strand der Welt.
Als zweites möchte er von knackigen hübschen, Mädchen am Strand verwöhnt werden. Auch dieser Wunsch geht sofort in Erfüllung.
Als letztes wünscht er sich, nie wieder zu arbeiten, kein Stress mehr, nur noch erholsame Ruhe. Schon sitzt er wieder im Büro.

„Chef, mein Gehalt steht in keinem Verhältnis zu meinen Leistungen!"
„Da haben Sie recht, aber wir können sie doch nicht verhungern lassen."

Ein amerikanischer und ein deutscher Baulöwe wetten, wer schneller ein Haus bauen könne.
Nach einem Monat ruft der Amerikaner an: „Noch zehn Tage, dann sind wir fertig."
Anwortet der Deutsche: „Noch zehn Formulare, und wir fangen an!"

Eine ältere Dame beim Arzt: „Ich leide schon seit Tagen unter starken Blähungen. Das einzig Gute daran ist: man kann sie weder hören noch riechen. Seit ich hier vor Ihnen sitze, habe ich schon dreimal gepubst."
Der Arzt verschreibt der alten Dame ein paar Pillen. Drei Tage später kommt sie wieder und sagt: „Herr Doktor, was haben Sie mir da für Pillen aufgeschrieben, meine Pupse stinken ja auf einmal ganz schrecklich!"
Darauf der Doktor: „Prima, dann funktioniert ihre Nase ja wieder, jetzt brauchen wir nur noch was für ihr Gehör!"

„Herr Doktor, ich leide an Gedächtnisschwund."
„Seit wann?"
„Seit wann was? Wer sind Sie überhaupt?"

„Mein Hobby ist das Aquarium. Ich kann stundenlang diese Fische beobachten."
„Und was hält deine Frau davon?"
„Der ist es völlig egal, was ich den ganzen Tag im Büro mache."

„Herr Doktor, ich denke ständig, ich bin ein Hund."
„Hmm, legen sie sich mal auf die Couch", sagt der Psychiater.
„Ich darf doch nicht auf die Couch!"

Patient: „Herr Doktor, ist die Operation wirklich nötig? Ich habe zu Hause zwei Kinder zu ernähren."
Doktor: „Ich auch ..."

Ein Kannibalenpärchen im Kreißsaal. Die Geburt setzt ein. Fragt der Arzt: „Zum Mitnehmen oder Hieressen?"

Die Sprechstundenhilfe kommt ins überfüllte Wartezimmer: „Wo ist denn der Herr, der einen Verband wollte?" Darauf ein anderer Patient: „Der ist wieder gegangen, die Wunde war inzwischen verheilt!"

Trifft ein Schönheitschirurg das erste Mal seine neue Patientin:
„Wie alt sind Sie denn?"
„Ich gehe auf die Vierzig zu", antwortet sie.
„Und aus welcher Richtung?"

„Herr Doktor, ich möchte 100 Jahre alt werden. Was kann ich dafür tun?"
Darauf der Arzt: „Hören Sie auf zu rauchen!" Der Patient: „Ich habe noch nie geraucht."
„Übertreiben Sie es nicht beim Essen!" „Nur vegetarisch und Vollkorn!"
„Nehmen Sie sich ausreichend Schlaf!" „Das tue ich bereits."
„Wie sieht es aus mit Frauengeschichten?" „Da gibt es nichts."
Daraufhin der Arzt: „Wieso wollen Sie überhaupt so alt werden?"

Der Arzt: „Ich kann Ihnen mit Sicherheit sagen, dass Sie vergiftet worden sind."
„Aber womit denn, um Himmels willen?"
„Das werden wir dann bei der Obduktion feststellen ..."

Was ist der Unterschied zwischen einem Internisten, einem Chirurgen, einem Psychiater und einem Pathologen?
Der Internist hat zwar Ahnung, kann aber nichts.
Der Chirurg hat zwar keine Ahnung, kann aber alles.
Der Psychiater hat zwar keine Ahnung und kann auch nichts, hat aber für alles Verständnis.
Der Pathologe weiß alles und kann alles, kommt aber immer zu spät.

Der Arzt: „Ich habe eine gute und eine schlechte Nachricht für Sie. Welche möchten Sie zuerst hören?"
Der Patient: „Bitte zuerst die Gute."
Darauf der Arzt: „Wir werden die Krankheit nach Ihnen benennen!"

Gerd geht es sehr schlecht. Er fragt seinen Arzt: „Seien Sie ehrlich, Herr Doktor, wie viel Zeit bleibt mir noch?" „Nun ja", antwortet der Arzt, „lassen Sie es mich mal so ausdrücken: An Ihrer Stelle würde ich keinen Fortsetzungsroman mehr anfangen!"

In der Drogerie.
„Wer hat meiner Frau Klebstoff statt Zahnpasta verkauft?"
Betretenes Schweigen, dann meldet sich kleinlaut der Lehrling.
Der Kunde drückt ihm die Hand: „Vielen, vielen Dank!"

Der Richter verärgert: „Angeklagter, warum erzählen Sie heute eine ganz andere Geschichte als gestern?" Der Angeklagte: „Sie haben mir gestern ja nicht geglaubt!"

Fragt der Richter den Mann: „Also Sie geben zu, dass sie der Vater dieses Kindes sind?"
„Ja, selbstverständlich", antwortet der.
Der Richter: „Dann müssen wir ja nur noch das Bezahlen regeln."
„Aber ich bitte sie", winkt der Mann ab, „dafür möchte ich doch nichts haben!"

Richter: „Wo waren Sie in der fraglichen Nacht zwischen 1 Uhr und 4 Uhr?"
Angeklagter: „Im Bett."
Richter: „Zeugen?"
Angeklagter: „Ich hab es versucht."

Der Arzt wird mitten in der Nacht gerufen und untersucht den Patienten: „Haben Sie schon Ihr Testament gemacht? Rufen Sie sofort ihre nächsten Verwandten!"
„Herr Doktor, ist es denn wirklich so schlimm?"
„Nein, aber ich will nicht der einzige sein, der mitten in der Nacht sinnlos aus dem Bett geholt wird."

3

TIERISCH LUSTIG!

Tim hat sich im Urlaub einen sprechenden Papagei zugelegt. Der Zollbeamte erklärt ihm die Gebühren: „Papagei ausgestopft – zollfrei, Papagei lebend – 300 Euro"
Krächzt der Vogel: „Leute, macht bloß keinen Scheiß!"

Ein Dieb bricht in ein Haus ein. Im Wohnzimmer steht ein Vogelkäfig mit einem prächtigen Papagei. Als der Mann das Zimmer betritt, sagt der Papagei: „Der liebe Gott sieht alles!"
Der Mann sagt: „Du bist aber ein kluger Vogel!" Der Papagei antwortet: „Der liebe Gott sieht alles!" Der Mann ist begeistert: „Mann, du bist aber ein süßes Kerlchen! Wie heißt du denn?"
Der Papagei erwidert: „Heinz-Rüdiger."
Sagt der Mann: „Das ist aber wirklich ein komischer Name für einen Papagei."
Sagt der Papagei: „Der liebe Gott ist auch ein komischer Name für einen Rottweiler!"

Was macht ein schwuler Wurm im Salat?
Er wirft die Schneggen raus.

Wer weiß, wie lange Krokodile leben?
Genauso wie kurze ...

Zwei Fische schwimmen im Golf. Der eine meint: „Verdammt, wie fährt man denn dieses Ding?"

Der Elefant trifft einen nackten Mann am Fluss. Wundert sich der Elefant: „Was? Mit dem winzigen Ding trinkst du?"

Was sagt die Schnecke auf der Schildkröte? Hui!

Das Telefon klingelt. Der Schäferhund nimmt den Hörer ab: „Wau! Wau!"
„Wie bitte?"
„Wau! Wau!"
„WIE BITTE?"
„WILHELM ANTON ULRICH! WILHELM ANTON ULRICH!"

Der Spaziergänger fragt den Angler: „Na? Beißen die Fische?"
„Nein, Sie können sie ruhig streicheln!"

Was ist das Schwarze unter den Elefantenfüßen?
Langsame Eingeborene.

Stehen ein Rasenmäher und ein Schaf auf einer Wiese. Da macht das Schaf: Mäh!
Darauf der Rasenmäher: Vergiss es, du kannst den Rasen selber mähen.

Warum lackieren sich Elefanten die Fußnägel rot, grün, gelb und orange?
Damit sie sich in Smarties-Tüten verstecken können.

Vier Kühe auf der Weide. Sagt die erste: „Muh!" Darauf die zweite: „Muh!". Die dritte: „Muh!"
Meint die vierte: „Ihr habt wohl alle nur das Eine im Kopf, oder?"

Zwei Affen in der Badewanne. Der eine trommelt sich auf die Brust: „Uahuahuah!"
Sagt der andere: „Wenn dir das Wasser zu kalt ist, lass doch einfach etwas Warmes nach!"

Ein Kaninchenpaar versteckt sich vor der Hundemeute in einem Erdloch. Sie kuschelt sich an ihn: „Was sollen wir jetzt bloß machen?"
Er rückt noch näher heran: „Wir warten einfach, bis wir ihnen zahlenmäßig überlegen sind!"

Der kleine Fuchs sitzt vor dem Bau, als ein Hase des Wegs hoppelt.
„Ist dein Vater zuhause?", will der Hase wissen.
„Nein."
„Ist deine Mutter zuhause?"
„Nein."
„Sind deine Geschwister zuhause?"
„Nein, ich bin ganz alleine."
„Na, was ist? Willste was auf die Schnauze?"

Ein Mann im Tiergeschäft auf der Suche nach einem Papagei: „Was kann denn der Bunte dahinten?"
Der Verkäufer: „Der spricht drei Fremdsprachen."
Und was kostet der?"
„1000 Euro."
Der Kunde: „Und der Gelbe direkt dahinter?"
„Der beherrscht 5 Fremdsprachen, kann singen und löst Kreuzworträtsel."
„Und was kostet der?"
„3000 Euro."
Der Kunde: „Und der unscheinbare Graue in der Ecke? Was kostet der?"
Der Verkäufer: „10.000 Euro."
Der Kunde: „Das ist aber sündhaft teuer! Was kann der denn? Spricht der auch?"
Sagt der Verkäufer: „Ich habe keine Ahnung was der kann und gesprochen hat er noch nie – aber die beiden anderen sagen ‚Chef' zu ihm!

Welche drei Worte machen ein Mädchen glücklich?
Ich liebe dich!
Welche drei Worte machen ein Haimädchen glücklich?
Mann über Bord!

•••••

Der Lehrer fragt: „Wer kann mir vier Tiere aus Australien nennen?"
Lisa meldet sich: „Ein Koala und drei Känguruhs!"

•••••

Lehrer: „Kann mir jemand sagen, was ein Katalog ist?"
Schüler: „Die Vergangenheitsform von ‚Ein Kater lügt'."

•••••

Der Lehrer beschwert sich: „Dein Aufsatz ‚Mein Hund' ist Wort für Wort derselbe wie der deiner Schwester!"
„Aber natürlich, es ist ja auch derselbe Hund!"

•••••

Lehrer: „Bilde einen Satz mit den Worten Pferd und Wagen!"
Schüler: „Das Pferd zieht den Wagen!"
„Sehr schön, und jetzt die Befehlsform!"
„Hü!"

•••••

Ein Papagei sitzt in der ersten Klasse im Flieger. Er schnauzt die Stewardess an: „Bring mir gefälligst was zu trinken, du dumme Schlampe!"
Die Stewardess ärgert sich über den Tonfall, aber weil der Papagei 1. Klasse fliegt, erfüllt sie zähneknirschend seinen Wunsch. Der Manager im Sitz neben dem Papagei denkt sich: „Was der Vogel kann, kann ich schon lange" und pöbelt ebenfalls: „Bring mir gefälligst was zu trinken, du dumme Schlampe!"
Jetzt wird es der Stewardess zu bunt und sie beschwert sich beim Piloten. Der packt sich kurzerhand Mann und Papagei und wirft sie aus dem Flieger.
Sagt der Papagei: „Dafür, dass du nicht fliegen kannst, hast du aber 'ne ganz schön große Klappe!"

•••••

Zwei Kühe auf der Wiese. Die eine sagt: „Hmm, das Gras ist aber heute lecker!"
„Halt die Klappe", entgegnet die andere, „wir können nicht reden!"

•••••

Kommt ein Mann in eine Kneipe. Hinter der Bar steht ein Pferd und zapft Bier. Das Pferd sagt: „Hey, gibt's ein Problem? Hast du noch nie ein Pferd zapfen sehen?"
„Nein, nein, ich kann nur nicht glauben, dass der Bär diese Goldgrube verkauft hat!"

•••••

Die Tiere im Wald besaufen sich jeden Abend bis zum Umfallen. Nach einiger Zeit beschließen sie gemeinsam, die Sauferei aufzugeben. Nur der Hase fällt immer wieder auf, weil er betrunken irgendwo herumliegt. Da nimmt der Fuchs ihn beiseite und sagt: „Wir haben alle gemeinsam beschlossen, nicht mehr zu trinken. Wenn du dich nicht an unsere Abmachung hältst, dann fresse ich dich auf!" Der Hase schwört, sich in Zukunft zu benehmen.
Am nächsten Abend will der Fuchs den Hasen kontrollieren, aber der Hase ist verschwunden. Die Tiere sehen schließlich einen Strohhalm aus dem Teich ragen, ziehen daran, und am anderen Ende hängt der völlig betrunkene Hase. Der Fuchs brüllt ihn an: „Wir Tiere des Waldes hatten doch beschlossen, nicht mehr zu saufen!"
Lallt der Hase: „Was ihr Tiere des Waldes beschlossen habt, ist uns Fischen doch völlig egal!"

Zwei Elefanten sitzen in der Wüste. Sagt der eine: „Verdammt, rutsch mal ein Stück! Ich will auch mal im Sand sitzen!"

Ein Mann sitzt auf der Straße und spielt Schach mit seinem Schäferhund.
Ein Passant meint: „Der Hund ist ja genial, der spielt Schach!"
„Na genial bestimmt nicht, der Idiot hat schon zum dritten Mal verloren!"

Treffen sich zwei Hunde. Sagt der eine stolz: „Ich bin adlig. Ich heiße Bello von der Bruckskante."
Meint der andere: „Ich bin auch adlig. Ich heiße Runter vom Sofa!"

„Mein Hund jagt immer Leute auf dem Fahrrad!"
„Das ist ja schrecklich, was wollen sie dagegen unternehmen?"
„Ich werd' ihm das verdammte Fahrrad wieder wegnehmen!"

Was haben ein kurzsichtiger Frauenarzt und ein Hund gemeinsam?
Die feuchte Nase.

Warum trinken Elefanten keine Martinis?
Schon mal versucht, eine Olive aus der Nase zu kriegen?

Auf dem Tiermarkt hält ein Mann einen riesigen Bären an einer Kette. „Verkaufen sie das Tier?", fragt ein anderer interessiert.
„Nein, ich suche das Arschloch, das mir letztes Jahr einen jungen Hund verkauft hat!"

•••••

Ein kleines Mädchen kommt in die Zoohandlung: „Ich hätte gerne ein Kaninchen."
„Aber klar, Kleine, welches hättest du denn gern? Das niedliche bunte hier oder das graue mit den lustigen Ohren da hinten?"
„Ich denke, das ist meiner Python egal ..."

•••••

Eine Kuh sitzt im Kino. Kommt ein Pferd dazu und setzt sich auf den letzten freien Platz vor die Kuh. Der Film beginnt und die Kuh klopft dem Pferd auf die Schulter: „Könnten Sie bitte ihre Ohren anlegen, ich sehe nämlich nichts."
Dreht sich das Pferd um, zeigt der Kuh einen Vogel und sagt: „So'n Quatsch, 'ne Kuh im Kino!"

•••••

Ein Mann sitzt mutterseelenallein in der Wüste und spielt herzergreifend Geige. Ein Löwe kommt des Wegs, umkreist ihn hungrig und legt sich dann, von der Musik bezaubert, friedlich neben den Mann. Ein zweiter Löwe kommt hinzu, auch er legt sich friedlich nieder. Ein dritter Löwe legt sich zu den beiden anderen und alle lauschen ergriffen der Geige. Ein vierter Löwe kommt vorbei, stürzt sich ohne zu zögern auf den Mann und verspeist ihn mit Haut und Haar. Oben in der Palme sagt ein Affe zum anderen: „Ich hab' dir doch gesagt, wenn der Taube kommt, ist's vorbei mit der Musik!"

•••••

Zwei Kühe auf der Weide: „Muuuh!"
„Verdammt, das wollte ich auch gerade sagen!"

•••••

Der Professor sitzt allein an einem Tisch in der Mensa. Ein Student setzt sich ohne zu fragen dazu. Grummelt der Professor: „Seit wann essen Adler und Schwein am selben Tisch?"
Entgegnet der Student: „Na, dann flieg' ich halt weiter!"

•••••

Ein Autofahrer überfährt ein Huhn. Schuldbewusst zeigt er das tote Tier dem Bauern: „Es tut mir leid, ich habe eines Ihrer Hühner überfahren." Der Bauer wirft einen kurzen Blick auf das Huhn und meint: „Das kann keines von meinen sein. Meine sind nicht so flach."

Die Fliegenmutter geht mit ihrer Jüngsten auf einer Glatze spazieren. Nostalgisch seufzt die Mutter: „Ich kann mich erinnern, da gab es hier nur einen ganz schmalen Trampelpfad."

Der Wanderzirkus hat seine Zelte aufgeschlagen, als die ersten Tropfen fallen. Der Zirkusdirektor stürzt aus dem Zelt: „Schnell! Holt das Zebra rein! Es regnet!"

Wie fängt man Elefanten?
Eine Telefonzelle anrufen. Der neugierige Elefant hebt den Hörer ab, Tür schließen, Elefant gefangen!

Wie spät ist es, wenn sich ein Elefant auf dein Auto setzt?
Zeit für ein neues Auto.

Was sagt eine Traube, wenn ein Elefant auf ihr steht?
Nichts. Sie weint nur ein wenig.

Welches Tier macht „Ähm?"
Ein unentschlossenes Schaf.

Die Lehrerin fragt die Zweitklässler: „Und was machen eure Eltern beruflich?"
Die kleine Elena: „Mein Vater spielt Musik im Puff!"
Die Lehrerin ist entsetzt und sagt nach der Schule zum Vater: „Wie können Sie unter diesen Umständen bloß ein kleines Kind erziehen!"
Der Vater: „Also eigentlich bin ich Diplom-Informatiker und auf TCP/IP-Kommunikationsprotokolle auf Unix-Systemen spezialisiert – aber erklären Sie das mal einer Siebenjährigen!"

„Hast du alle diese Fische ganz allein gefangen?"
„Um ehrlich zu sein, ich habe immer einen kleinen Wurm dabei, der mir hilft."

Der Gerichtsvollzieher pfändet den Zuchtbullen. Bittet der Bauer: „Kann er nicht noch einmal die Kuh bespringen, bevor Sie ihn mitnehmen?"
Der Gerichtsvollzieher willigt ein, doch der Bulle versagt; nichts rührt sich und alles Zureden hilft nicht. Meint der Bauer: „Typisch, erst eine Stunde beim Staat beschäftigt, und schon träge und faul!"

Sagt die Bäuerin zum Bauer: „Du musst den Hahn schlachten. In letzter Zeit ist er immer so lustlos." Darauf der Bauer: „Und du meinst, danach wird sich das ändern?"

Der Bauer hat einen neuen Zuchthahn. Als erstes erklärt dieser dem alten Hahn die neuen Regeln: „Das ist jetzt mein Hof und das sind meine Hühner. Wenn du keinen Ärger machst, lasse ich dich leben." Entgegnet der alte Hahn: „Lass uns das sportlich austragen – wer als Erster über den Hof ist!" und rennt sofort los. Das will sich der junge Hahn nicht bieten lassen und sprintet hinterher. Ein Schuss fällt, der junge Hahn bricht tot zusammen, und der Bauer sagt: „Verdammt! Der dritte schwule Hahn diese Woche!"

„999 ... 1000 ... 1001 – Liebling, es ist ein Junge!", freut sich der Tausendfüßler.

Zwei Yetis unterhalten sich: „Gestern habe ich Reinhold Messner gesehen."
„Du meinst, den gibt's wirklich?"

Was tut ein Jäger, der aus Versehen eine Kuh geschossen hat?
Er steckt ihr einen toten Hasen ins Maul und sagt, sie habe gewildert!

Rotkäppchen geht durch den Wald. Da trifft es den großen bösen Wolf: „Ei, du hast aber große Augen!"
„Verdammt, nicht mal in Ruhe kacken kann man hier!"

Warum haben Giraffen so einen langen Hals?
Weil der Kopf so weit oben ist!

Papa und Sohn im Zoo: „Sag mal, Papa, heiraten Kamele eigentlich auch?
„Eigentlich nur Kamele", brummt der Vater.

Ein Mann will die Katze seiner Frau heimlich loswerden und beschließt, sie auszusetzen. Er nimmt sie mit ins Auto, fährt 3 Straßen weiter, setzt die Katze aus und fährt heim. Zehn Minuten später ist die Katze auch wieder da. „Na gut", sagt sich der Mann, „die Strecke war vielleicht ein wenig zu kurz." Er fährt wieder los, 3 Kilometer weit und setzt sie aus. Zwanzig Minuten später ist die Katze wieder zu Hause. „Jetzt reicht's mir!", denkt sich der Mann, nimmt die Katze mit ins Auto und fährt 10 Kilometer, über eine Brücke, dann durch den Wald und setzt die Katze dann schließlich mitten im Wald auf einer Lichtung aus. Eine Stunde später ruft der Mann zu Hause an. „Ist die Katze schon da?", fragt er seine Frau. „Ja, warum?" „Hol sie mal ans Telefon, ich habe mich verfahren."

*****

In die Kneipe an der Ecke stampft ein Nilpferd, stürzt zwei Glas Bier herunter, zahlt und geht. „Na sowas", ruft der Wirt, „hier war noch nie ein Nilpferd!" Da dreht sich das Nilpferd um und knurrt: „Bei den Preisen wirst du auch nie wieder eins in deinem Laden sehn!"

*****

„Papa, wovon leben eigentlich Fische?"
„Von dem was sie finden."
„Und falls sie nichts finden?"
„Dann fressen sie eben etwas anderes."

*****

Eine Elefantenherde läuft lachend durch die Steppe. Da kommen sie bei den Löwen vorbei. „Warum lacht ihr denn so?" fragen die Löwen. „Wir waren Affen poppen!", sagt einer der Elefanten. „Na und! Das machen wir auch jede Woche. Was ist denn daran so lustig?", fragt ein Löwe. Die Elefanten grölen: „Jaja, aber bei euch platzen sie nicht."

*****

Eine Giraffe und ein kleines Äffchen unterhalten sich. Die Giraffe: „Kannst du dir vorstellen, wie schön es ist, einen so langen Hals zu haben?" Das Äffchen guckt die Giraffe ungläubig an. Die Giraffe: „Stell dir mal vor, wie lange ich ein leckeres Blatt genießen kann, das langsam meinen Hals bis zum Magen hinuntergleitet?"
Darauf das Äffchen: „Schon mal gekotzt?"

*****

Ein Elefant und eine Ameise haben geheiratet. Nach dem ersten Sex bricht der Elefant tot zusammen: Herzinfarkt! „Verflucht", flucht die Ameise, „5 Minuten Spaß – und nun darf ich den Rest meines Lebens ein Grab schaufeln."

•••••

Die Taubenmutter ist sauer: „Ihr habt schon wieder ins Nest gemacht", hält sie den Sprösslingen vor, „wann lernt ihr endlich, ans Denkmal zu gehen?!"

•••••

Zwei Männer gehen durch den Wald. Da taucht ein Bär auf. Sofort zieht der eine seine Stiefel aus. Erstaunt fragt der andere: „Glaubst du etwa, du kannst vor dem Bär davonlaufen?" – „Nein, aber ich muss ja nur schneller laufen als du."

•••••

Ein Gast betritt eine Gastwirtschaft und ein kleiner Hund springt bellend an ihm hoch. Der Gast fragt den Wirt: „Beißt ihr Hund?" – „Nein, der beißt nicht."
Der Gast bückt sich zum kleinen Hund, um ihn zu tätscheln. Sofort verbeißt sich der Hund in die Hand des Gastes. „Aber Sie haben doch gesagt, ihr Hund beißt nicht!" – „Aber das ist doch nicht mein Hund."

•••••

Sind drei Schildkröten in der Wüste zu einer Quelle unterwegs. Sie laufen zwei Jahre und endlich kommen sie an. Gierig wollen sich die ersten beiden Schildkröten auf das Wasser stürzen, da merkt doch die dritte, dass sie ihre Trinkbecher vergessen haben.
„Ach, das ist doch egal!", sagt die erste Schildkröte.
„Nein, nein", sagt die dritte Schildkröte, „also ohne Trinkbecher geht das doch nicht! Wo bleiben denn da die Manieren! Passt auf, ihr wartet hier und ich gehe zurück und hole unsere Trinkbecher!"
Die anderen müssen sich wohl oder übel darauf einlassen, setzen sich auf einen Stein und warten. Sie warten ein Jahr, zwei Jahre, drei Jahre ...
Da hält es die eine Schildkröte nicht mehr aus und sagt zur anderen: „Ich muss jetzt etwas trinken!" Sie geht zur Quelle und gerade als sie einen Schluck nehmen will, kommt die dritte Schildkröte hinter einem Stein hervor und sagt: „Also wenn ihr schummelt, gehe ich gar nicht erst los!"

•••••

Warum muss ein Autofahrer tierlieb sein?
Schlange vor sich, weiße Mäuse hinter sich, Tiger im Tank, Pferde unter der Haube, dufte Biene neben sich und einen Drachen zu Hause ...

•••••

Ein kleines Mädchen kommt heulend zu ihrer Mutter: „Mein Hamster ist tot, er bewegt sich nicht mehr."
Die Mutter tröstet: „Weine nicht, mein Schatz. Wir werden ihn im Garten vergraben. Du kannst alle deine Freundinnen einladen, ich backe leckeren Kuchen und kaufe euch Eis."
In diesen Moment bewegt sich der Hamster plötzlich in seinem Käfig.
Die Mutter: „Oh, guck mal, er lebt ja doch noch!"
„Mama, darf ich ihn erwürgen?"

Die Katze eines Architekten, die eines Chemikers und die eines Filmregisseurs sitzen vor ihrem Trockenfutter.
Die Architektenkatze baut daraus ein kleines Haus. Dann frisst sie alles auf.
Die Chemikerkatze zerstößt die Bröckchen in einem Mörser, vermischt sie miteinander, löst sie in diversen Flüssigkeiten und frißt sie dann auf.
Die Filmregisseurskatze pulverisiert die Brekkies mit einer Rasierklinge, zieht sie sich durch einen zusammengerollten Hunderter in die Nase, poppt die beiden anderen Katzen und brüllt genervt: „Ich kann so nicht arbeiten!"

Mathematische Behauptung: Eine Katze hat neun Schwänze. Beweis: Keine Katze hat acht Schwänze. Eine Katze hat einen Schwanz mehr als keine Katze. Deshalb hat eine Katze neun Schwänze.

Das Pferd des Bauern ist krank. Der Tierarzt untersucht das Tier und meint: „Diese Medizin geben sie ihm 3 Tage lang. Wenn das Pferd immer noch krank ist, müssen wir das Tier einschläfern."
Dieses Gespräch hat eine Sau mitgehört, die im Nachbarstall wohnt. Nach dem ersten Tag ist das Pferd immer noch krank. Die Sau geht zu ihm und meint: „Mein Freund, bemühe dich, steh auf!"
Am zweiten Tag das Gleiche – die Sau versucht alles: „Komm, steh auf, sonst musst du sterben!"
Auch am dritten Tag wird die Medizin erneut ohne Erfolg verabreicht.
Der Tierarzt kommt und meint: „Wir haben keine Wahl, das Pferd muss eingeschläfert werden".
Die Sau hört das, läuft zum Pferd und brüllt: „Komm, reiß dich zusammen, der Tierarzt ist da!"
Plötzlich steht das Pferd auf und läuft aus dem Stall.
Der Bauer ist außer sich vor Freude: „Das müssen wir feiern! Lass uns die Sau schlachten und heute ein Grillfest veranstalten!"

Wie nennt man einen Seemann, der sich nie wäscht?
Meerschweinchen!

•••••

Was heißt Kuhdiebstahl auf Englisch?
Oxford!

•••••

Im Zoo ist der letzte Schimpanse gestorben. Ein Sportstudent übernimmt gegen Bezahlung die Rolle. Er hängt sich an ein Seil und schwingt ein bisschen im Käfig hin und her. Plötzlich rutscht er ab und landet im Löwenkäfig.
„Hilfe!", schreit der Student.
Da flüstert ihm einer der Löwen zu: „Sei bloß ruhig, sonst sind wir beide unseren Job los!"

•••••

Ein kleiner Wüstenfuchs sieht einen Löwen auf sich zukommen. Zum Abhauen ist es zu spät. Da sieht er ein Löwenskelett in der Nähe.
Der Fuchs setzt sich daneben und als der Löwe kommt, leckt er sich die Schnauze und sagt vor sich hin: „Das war ein leckerer Löwe. Ob ich wohl noch so einen finde?"
Darauf verdrückt sich der Löwe unauffällig. Ein Affe hat die Szene beobachtet, läuft hinter dem Löwen her und erzählt ihm alles.
Als die beiden zum Fuchs kommen, tut der, als hätte er sie nicht gesehen, und murmelt vor sich hin: „Wo bloß dieser blöde Affe bleibt? Es ist doch schon über eine Stunde her, dass ich ihn losgeschickt habe, mir noch einen Löwen zu bringen!"

•••••

Eine Mutter steigt mit ihrem Baby im Arm in den Bus. Der Busfahrer dreht sich zu ihr um und meint: „Das ist ja das hässlichste Kind, das ich je gesehen habe!"
Tief beleidigt setzt sich die Frau und erzählt ihrem Sitznachbarn das Vorgefallene.
Daraufhin sagt der: „Gehen Sie sofort zum Busfahrer und fordern Sie ihn auf, sich zu entschuldigen! Ich halte solange Ihren Affen."

•••••

Ein Löwe zum anderen im Zoo: „Erzähl doch mal von deinem Ausbruch damals? Wie lief es?"
„Ganz einfach: Ich bin hier raus und habe mich im Rathaus versteckt und jeden Tag heimlich einen Beamten gefressen. Das fiel lange Zeit nicht auf."
„Und wie ist es aufgefallen?"
„Ganz blöde! Eines Tages habe ich versehentlich eine Putzfrau gefressen!"

*****

Sitzen zwei Vögel auf einem Baum. Kommt ein Düsenjäger vorbeigeflogen.
Sagt der eine Vogel: „Meine Güte, der fliegt aber schnell!"
Daraufhin die andere: „Kein Wunder, wenn einem der Hintern brennt!"

*****

„Ihr Sohn hat zur mir ‚alte Kuh' gesagt, was sagen Sie dazu?"
„Na sowas, und ich hab ihm schon so oft gesagt, dass er die Leute nicht nach dem Äußeren beurteilen soll!"

*****

Was sagt der Tausendfüßler, wenn ihm zum Geburtstag neue Schuhe geschenkt werden?
„Tausend Dank!"

*****

Eine Maus ist scharf auf Sex, aber weit und breit kein Mäuschen zu sehen. Da trifft sie einen Hasen. „Du Hase, ich würde dich gerne vernaschen!" Der Hase denkt, die ist doch nicht ganz dicht und läuft weiter. Danach trifft sie eine Kuh. „Du Kuh, ich würde dich gerne vernaschen!"
Die Kuh schaut mitleidig nach unten und sagt: „Heute nicht." Die Maus läuft weiter und kommt in den Zoo wo sie einen Elefanten trifft: „Du Elefant, kannst du mir helfen, ich muss ganz dringend ein Rohr verlegen."
Der Elefant schaut sich die Maus an und denkt: Viel passieren kann da ja nicht. „OK komm hoch und versuch dein Glück." Während sich die Maus am Hinterteil des Elefanten abmüht, sticht eine Biene den Elefanten in den Rüssel und der brüllt und hüpft fürchterlich umher. Schreit die kleine Maus von hinten: „Ja, Ja, genieß es, du Schlampe."

*****

4

KURZ UND KNACKIG

LEBENSWEISHEITEN UND KLUGE SPRÜCHE FÜR ALLE LEBENSLAGEN

Er: Hab ich Sie nicht schon mal irgendwo gesehen?
Sie: Ja, deshalb gehe ich da auch nicht mehr hin.

•••••

Er: Ist dieser Platz frei?
Sie: Ja, und meiner gleich auch, wenn Sie Platz nehmen.

•••••

Er: Kann ich Sie auf einen Drink einladen?
Sie: Danke, ich nehme lieber das Geld!

•••••

Er: Stört es Sie, wenn ich rauche?
Sie: Mich stört es nicht mal, wenn Sie brennen!

•••••

Er: Ich bin Fotograf und suche nach einem Gesicht wie deinem.
Sie: Ich bin plastische Chirurgin und suche nach einem Gesicht wie deinem.

•••••

Er: Gehen Sie am Samstag mit mir aus?
Sie: Tut mir leid, aber dieses Wochenende habe ich Kopfschmerzen.

•••••

Er: Was würdest du sagen, wenn ich dich bitten würde, meine Frau zu werden?
Sie: Gar nichts. Ich kann nicht gleichzeitig reden und lachen.

•••••

Er: Sollen wir zusammen einen guten Film ansehen?
Sie: Den kenne ich schon.

•••••

Schwer ist leicht was.

•••••

Der frühe Vogel fängt den Wurm, aber den Käse bekommt die zweite Maus.

•••••

Ist's dem Bauern kühl am Schuh, steht er in der Tiefkühltruh'.

•••••

Kippt der Bauer Milch in'n Tank, wird der Trecker sterbenskrank.

•••••

Stirbt der Bauer Anfang Mai, ist der Mai für ihn vorbei.

•••••

Liegt der Bauer auf der Lauer, ist Herr Lauer äußerst sauer.

•••••

Wird der Knecht gehetzt von Doggen, muss er um sein Leben joggen.

Kotzt der Bauer über'n Trecker, war die Brotzeit wohl nicht lecker.

Raucht die Kuh wie ein Kamin, ist Kurzschluss in der Melkmaschin'.

Ist der Bauer heut' gestorben, braucht er nichts zu essen morgen.

Das Universum dehnt sich nicht aus – es flieht vor Chuck Norris!

Chuck Norris löst Sudoku-Rätsel durch Anstarren.

Chuck Norris hat die Tour de France gewonnen – rückwärts auf dem Einrad!

Chuck Norris isst keinen Honig, Chuck Norris lutscht Bienen!

Warum schläft Chuck Norris immer bei Licht?
Weil die Dunkelheit Angst vor ihm hat.

Wenn Chuck Norris schwimmen geht, wird nicht Chuck Norris nass, sondern das Meer bekommt Chuck Norris!

Microsofts Windows ist wie ein U-Boot: Wenn man ein Fenster öffnet, bekommt man Probleme!

Windows-Fehlermeldung: Nicht genug Arbeitsspeicher für Absturz. Initiiere Scheinabsturz.

Genitiv ins Wasser. Da tiv.

Meditieren ist besser als rumsitzen und nichts tun.

Kinder auf der Rückbank führen schnell zu Unfällen.
Unfälle auf der Rückbank führen schnell zu Kindern.

Darf jemand mit dem Namen „Moses“ bei eBay mehr als 10 Gebote abgeben?

Ihr seid nur neidisch, weil die Stimmen nur zu mir sprechen.

*****

„Sind Sie ignorant oder einfach nur dumm?"
„Weiß ich nicht. Interessiert mich auch nicht."

*****

Meine Freundin sagt, ich wäre neugierig und müsste immer alles wissen.
Steht zumindest in ihrem Tagebuch.

*****

Ich bin nicht doof, ich weiß nur wenig.

*****

Lieber Wein, Weib und Gesang als Bier, Mann und Gebrüll.

*****

Wie nennt man einen Mann, der 90% seiner Denkfähigkeit verloren hat? Witwer.

*****

Die männlichen Idealmaße: 80 – 20 – 42: 80 Jahre alt, 20 Millionen auf der Bank, 42° Fieber.

*****

Die drei existenziellen Krisen im Leben eines Mannes: Frau weg – Job weg – KRATZER IM LACK!

*****

Nostalgie ist auch nicht mehr das, was sie früher einmal war.

*****

Alle merken, wenn ich besoffen bin, aber keiner merkt, wenn ich Durst habe.

*****

Die letzten Worte des Fluggastes: „Ist das nicht irre, Schatz? Ich kann die Landeklappen mit meinem Handy steuern!"

*****

Die letzten Worte des Genforschers: „Wow, was für eine riesige Amöbe!"

*****

Die letzten Worte des Astronauten: „Alle lebenserhaltenden System laufen jetzt unter Windows!"

*****

Die letzten Worte des Fahrlehrers: „Bitte parken Sie da vorne an der Kaimauer!"

*****

Die letzten Worte des Privatdetektivs: „Ich habe hier alle Beweise – Sie sind der Mörder!"

*****

Die letzten Worte des Mutigen: „Ich glaube, es will mit uns kommunizieren!"

*****

Die letzten Worte Tarzans: „Seife an der Liane?"

Die letzten Worte des Sensationsreporters: „Und hier nähert sich die Bestie!"

Am Anfang war Nichts. Dann hat Chuck Norris dem Nichts in die Fresse getreten und gesagt: „Such dir 'nen Job!" – So ist das Universum entstanden ...

Dieser Satz kein Verb.

Bei diesem Satz sind die letzten beiden vertauscht Worte.

Ich hasse Sätze, die mittendrin.

Viele Leute sind verwirrt, wenn ein Satz anders endet als man Kaninchen!

Intoleranz können wir nicht dulden.

Sie können machen, was Sie wollen, aber nicht so!

Ich hätte eine Lösung, aber die passt nicht zum Problem ...

Chuck Norris spielt Russisches Roulette mit einem komplett geladenen Revolver – und gewinnt!

Chuck Norris liest keine Bücher. Er starrt sie an und sie sagen ihm, was er wissen will.

Chuck Norris bringt eine Frau zum Orgasmus, indem er mit dem Finger auf sie zeigt.

Es GIBT feindliche Aliens! Sie warten nur auf Chuck Norris' Tod, um angreifen zu können.

Chuck Norris hat bis „Unendlich" gezählt ... dreimal.

Chuck Norris ist seit 10 Jahren tot, aber der Tod traut sich nicht, es ihm zu sagen.

Wenn Chuck Norris in den Himmel blickt, schwitzen die Wolken vor Angst. Wir nennen das „Regen".

Einmal aß Chuck Norris ganz allein eine riesige Torte, bevor ihm jemand sagen konnte, dass eine Stripperin drin war.

•••••

Eigentlich war Chuck Norris der vierte heilige König. Er schenkte dem Jesuskind einen Bart, den dieser bis zu seinem Tode trug. Weil die anderen drei Könige neidisch waren, dass sein Geschenk so gut ankam, ließen sie ihn aus dem alten Testament streichen. Kurz darauf verstarben alle drei an mysteriösen Verletzungen durch Roundhouse-Kicks.

•••••

Das Haus von Chuck Norris hat keine Türen, nur Mauern, durch die er läuft.

•••••

Beim Bowling wirft Chuck Norris keinen Strike. Er haut den äußersten Pin um; die anderen fallen in Ohnmacht.

•••••

Es gibt Leute, die Superman-Schlafanzüge tragen. Superman trägt Chuck-Norris-Schlafanzüge.

•••••

Es gibt eine feste Ordnung im Universum: Raum – Zeit – Chuck Norris.
War nur Spaß, Chuck Norris kommt zuerst.

•••••

Chuck Norris kann mit einer Lupe Feuer machen ... Nachts!

•••••

Wenn Monster schlafen gehen, sehen sie unter dem Bett nach, ob Chuck Norris dort ist.

•••••

Die meisten Menschen haben 23 Chromosomenpaare.
Chuck Norris hat 72, und sie sind alle giftig.

•••••

Chuck Norris atmet nicht! Er gewährt der Luft nur Unterschlupf.

•••••

Chuck Norris kann Wasser in der Mikrowelle zu Eis kochen!

•••••

Chuck Norris kann Zahnpasta zurück in die Tube drücken!

•••••

Die Kurzfassung von Schillers „Glocke“:
Loch in Erde, Bronze rin,
Glocke fertig, bim bim bim.

•••••

Der Fluss wälzte sich träge in seinem Bett wie ein Student morgens um 11.

Chuck Norris braucht keine Uhr. Er entscheidet selbst, wie spät es ist.

Alte Eskimo-Weisheit: niemals den gelben Schnee lutschen!

So ist das Leben: Mal verliert man, mal gewinnen die anderen.

Was ist Elektrizität?
Wenn man morgens mit Hochspannung aufsteht, mit Widerstand zur Arbeit geht, den ganzen Tag gegen den Strom schwimmt, geladen nach Hause kommt, dort an die Dose fasst und einen gewischt kriegt!

Lass mich deinen Hals berühren, deinen Mund zu meinem führen. Ich liebe dich, du bleibst bei mir, du heißgeliebte Flasche Bier.

Letzte Worte des Bergsteigers: „Waren gar nicht mal teuer, diese Karabinerhaken."

Nimm deine Hand aus meiner Hose! Ich zähle bis tausend!

5

NUR FÜR ERWACHSENE!

DIE BESTEN FERKELEIEN

Ein Mann kommt mit einem Schaf unter dem Arm ins eheliche Schlafzimmer und sagt: „Liebling, das ist die geile Sau, mit der ich immer Sex habe, wenn du mal wieder nicht willst."
Seine Frau darauf: „Du Idiot, das ist ein Schaf unter deinem Arm!"
Er: „Wer redet denn mit dir?"

•••••

Ein völlig betrunkener Mann wird mit einem Penisbruch in die Klinik eingeliefert. Der Arzt will wissen, wie das denn passieren konnte.
Lallt der Mann: „Wenn ich den Kerl erwische, der die nackte Frau auf die Mauer gemalt hat!"

•••••

Warum können 50% aller verheirateten Männer nach dem Sex nicht einschlafen?
Sie müssen erst nach Hause fahren!

•••••

Der junge Bauer geht mit seiner Freundin an der Weide vorbei, als gerade ein Stier eine Kuh bespringt. Er säuselt ihr ins Ohr: „Schatz, das möchte ich jetzt auch gerne!"
Sie: „Schatz, das kannst du doch, das sind doch deine Kühe!"

•••••

Susi zeigt ihrem Schatz den neuen sexy Rock: „Und? Steht er mir?"
„Sehr gut", flüstert er, „und mir erst!"

•••••

Der Frauenarzt: „Sie brauchen die Beine nicht soweit zu spreizen, ich bleibe bei der Arbeit grundsätzlich draußen stehen!"

•••••

Der alte Oskar liegt im Ehebett und kann nicht einschlafen. Mit offenen Augen wartet er auf das Schlagen der Standuhr. Kein Laut. „Das alte Ding steht schon wieder!", sagt er laut zu sich.
Richtet seine Frau sich neben ihm im Bett auf und sagt: „Ohh, Oskar!"

•••••

Zwei Freunde gucken gemeinsam Pornos. Sagt der eine: „Sag mal, warum gucken wir uns den Film eigentlich rückwärts an?"
Der andere: „Ich sehe einfach so gern, wie die Nutte dem Freier das Geld wiedergibt."

•••••

Was ist der Unterschied zwischen einem Kater und einem Mann?
Das eine ist eine verdreckter und verlauster Vielfraß, der alles fickt, was sich bewegt und dem es egal ist, wer ihm sein Fressen hinstellt; das andere ist ein Haustier.

•••••

Die Kumpel Helge und Franz treffen sich in ihrer Stammkneipe. Helge ist total niedergeschlagen und Franz will wissen, wieso er so schlecht gelaunt ist.
„Ach, ich hab' dir doch von meiner heißen Kollegin erzählt. Ich habe mich nie getraut, sie anzusprechen, weil ich immer direkt einen Ständer bekomme, wenn ich sie nur sehe. Aber jetzt hatten wir dann endlich doch mal ein Date."
„Klingt doch klasse. Und wie war's?"
„Ich hatte so eine Angst, sofort einen Ständer zu kriegen, dass ich ihn mir mit Klebeband ans Bein geklebt habe."
„Das war eine gute Idee" meint Franz.
„Naja, wie man's nimmt. Ich klingele bei ihr und sie kommt raus, in einem supersexy engen Minirock."
„Ja, und was ist dann passiert?"
„Dann habe ich ihr ins Gesicht getreten."

Was ist die perfekte Frau?
Eine, die sich nach dem Sex in einen Kasten Bier und drei beste Freunde verwandelt.

Was ist der Unterschied zwischen Lego und einer nackten Frau?
Wenn Sie das nicht wissen, spielen Sie weiter mit Lego!

„Papa, was ist ein Transvestit?"
„Frag Mama, er weiß das besser!"

Das beste an der Muttermilch ist die Verpackung!

Warum haben Männer keine Brüste?
Dieser Doppelbelastung sind sie einfach nicht gewachsen.

Der Sohn kommt nach Hause: „Papa, in der Schule hat einer behauptet, ich wäre schwul!"
Der Vater: „Dann hau ihm morgen eine aufs Maul!"
„Der ist aber so süß!"

Der Sohn fragt den Vater: „Papa, wo komme ich her?"
Der Vater antwortet: „Dich, mein Junge, hat der Storch gebracht!"
Meint der Sohn: „Mensch Papa, du vögelst aber auch wirklich alles!"

Warum schreien Vegetarierinnen beim Orgasmus nicht?
Sie beißen sich lieber die Zunge ab, als zuzugeben, dass ihnen ein Stück Fleisch so viel Freude bereitet.

Zwei Vierjährige unterhalten sich im Sandkasten: „Du, ich habe gestern unter der Veranda ein Kondom mit Noppen gefunden!"
„Was ist denn eine Veranda?"

•••••

Die Mutter findet im Zimmer ihres Sohnes SM-Pornos und erzählt es dem Vater.
Darauf rätselt der: „Was machen wir denn jetzt? Verhauen wäre wohl falsch."

•••••

Mama, Mama, ich möchte so gerne einmal Bungee-Springen, bitte, bitte!"
„Dein Leben hat mit einem kaputten Gummi begonnen, es muss nicht auch so enden!"

•••••

Verheiratete Männer werden nicht älter, es kommt ihnen nur so vor!

•••••

Die Nymphomanin beim Psychiater. Der Arzt sagt: „Bitte legen Sie sich dort auf die Couch."
Sie strahlt: „Herr Doktor, ich habe noch kein Wort gesagt, und sie wissen schon, was mir fehlt."

•••••

Was haben ein Tornado und die Ehe gemeinsam?
Beides beginnt mit Blasen und am Ende ist das Haus weg!

•••••

Zwei Freundinnen unterhalten sich: „Immer wenn ich neue Schuhe habe, bekomme ich Blasen."
„Merkwürdig, bei mir ist's genau umgekehrt!"

•••••

Mann beim Frauenarzt: „Haben Sie meiner Frau die Spirale eingesetzt?"
„Ja, das war ich, wieso?"
„Dann sehen Sie mal zu, wie Sie das Ding hier runterkriegen!"

•••••

„Herr Doktor, alle meine Freunde sagen, ich sein nymphoman!"
„Also liebe Frau, bevor ich eine Diagnose stellen kann, müssen Sie meinen Penis loslassen!"

•••••

Treffen sich zwei Lokführer. Erzählt der eine: „Mann, mir ist heute vielleicht was Irres passiert! Springt mir einfach eine nackte Frau vor meine Lok! Ich bremse, steige aus und habe sie dann auf den Bahngleisen so richtig durchgevögelt!"
„Und hast du dir auch einen blasen lassen?"
„Wie denn, der Kopf war nirgends zu finden!"

•••••

Die Mutter hat eine Affäre. Als sie gerade mit ihrem Liebhaber zugange ist, kommt der Sohn nach Hause, hört das Stöhnen und versteckt sich leise im Wandschrank, um zuzusehen. Plötzlich kommt der Vater unerwartet nach Hause, und der Liebhaber versteckt sich im Wandschrank, weil er nicht weiß, dass sich dort schon der Sohn versteckt.
Sagt der Sohn zu ihm: „Dunkel hier drinnen."
„Ja."
„Ich habe einen Baseball, den kannst du kaufen, für 250 Euro."
Sagt der Mann: „Ich will deinen Baseball nicht."
Meint der Sohn: „Da draußen vor dem Schrank steht mein Vater."
Sagt der Mann: „Einverstanden, hier ist dein Geld."
Wenige Tage später passiert dasselbe erneut. Wieder treffen sich der Liebhaber und der Sohn unbeabsichtigt im Schrank.
Der Sohn sagt: „Dunkel hier drinnen."
Der Mann erinnert sich an das letzte Mal und fragt genervt: „O.k., wieviel ist es diesmal?"
Der Sohn: „Ich habe einen Baseball-Schläger für 750 Euro."
Zähneknirschend bezahlt der Mann die 750 Euro und zieht seiner Wege.
Einige Tage später meint der Vater: „Komm, Junge, wir spielen Baseball, hol' schon mal den Ball und den Schläger!"
Der Sohn sagt: „Das geht nicht, ich habe das Zeug verkauft."
„Wieviel hast du denn dafür bekommen?"
„1000 Euro."
Der Vater schimpft: „Das ist doch viel mehr, als die Sachen wert sind – schäm dich, deine Freunde so auszunehmen! Du kommst sofort mit zur Kirche und beichtest deine Sünden!"
Der Vater schleppt also den Sohn zur Kirche und setzt ihn in den Beichtstuhl.
Der Sohn meint: „Dunkel hier drinnen."
Der Pfarrer: „Fang bloß nicht wieder mit dem Scheiß an."

In der Schule sprechen die Kinder über Gewürze. Jeder muss ein Gewürz nennen. Die Kinder zählen munter auf: „Pfeffer, Paprika, Curry. Dem kleinen Gerd aber fällt nichts ein. Die Lehrerin will helfen: „Was tut der Papa jeden Morgen auf die Eier?"
Der Kleine strahlt: „Nivea-Creme!"

Nach der Liebesnacht. Er fragt stolz: „War ich der erste Mann in deinem Leben?"
Sie: „Schon möglich, du kamst mir direkt so bekannt vor."

„Mein Vater ist ein richtiger Angsthase!“
„Wieso denn das?“
„Immer wenn Mama nicht da ist, schläft er bei der Nachbarin!“

•••••

Was ist der unsensibelste Teil des Penis? Der Mann.

•••••

Zwei katholische Priester unterhalten sich: „Meinst du, wir erleben das Ende des Zölibats noch?“, seufzt der eine. Der andere schüttelt den Kopf: „Wir wohl nicht, aber unsere Kinder!“

•••••

Was ist die Rodeo-Stellung? Er nimmt sie von hinten und sagt: „So mag es meine Sekretärin am liebsten!“ – anschließend muss er noch drei Minuten auf ihr bleiben ...

•••••

Robinson und Freitag sitzen auf ihrer einsamen Insel unter einer Palme. Robinson sagt: „Du, sollten wir beide irgendwann nach England zurückkehren, müssen wir die Geschichte aber anders erzählen ...“

•••••

Die Äbtissin hält erbost eine Schachtel hoch: „Wer raucht hier heimlich Billy Boy?“

•••••

Der junge Lyriker fragt den Verleger: „Meinen Sie, ich sollte mehr Feuer in meine Gedichte legen?“
„Ganz im Gegenteil, ganz im Gegenteil“, schmunzelt der Verleger.

•••••

„Woher haben Sie denn all die Pokale?“
„Mein Sohn ist Herrenreiter.“
„Komisch, meiner ist auch schwul, aber einen Pokal hat er dafür noch nie bekommen.“

•••••

Elly erwischt ihren Mann mit einer Liliputanerin im Bett: „Du Schwein hast mir versprochen, mich niemals wieder zu betrügen!“
„Aber Schatz, du siehst doch, dass ich es mir langsam abgewöhne!“

•••••

Was macht ein schwuler Frosch im Rumtopf?
Er schmeißt die Pflaumen raus.

•••••

Was ist der Unterschied zwischen den Schumacher-Brüdern und Siegfried & Roy?
Der Gesichtsausdruck, wenn der eine dem anderen hinten rein fährt!

•••••

„Die Polizei sucht einen Mann, blond, um die dreißig, der Frauen belästigt!", liest Frau Schubert ihrem Mann aus der Zeitung vor. „Ach Schatz", erwidert er, „meinst du wirklich, das wäre das Richtige für mich?"

•••••

Sagt sie zu ihm: „Schatz, ich kenne eine neue Stellung – Rücken an Rücken!"
„Aber das geht doch gar nicht!"
„Eben!"

•••••

Die Kellnerin bewundert den Hund des Gastes.
Stolz erzählt der Besitzer: „Und was der alles kann! Sogar Frauen glücklich machen!"
Die Kellnerin glaubt kein Wort, ist aber neugierig und lässt sich zu einem Versuch überreden.
Im Nebenraum macht sie sich nackig.
Der Mann befiehlt dem Hund: „So Hasso, jetzt mach's ihr schön!"
Der Hund rührt sich nicht von der Stelle.
Meint der Mann: „Na gut, Hasso, ein letztes Mal zeig ich's dir noch ..."

•••••

Er: „Schatz, ich wette, dass du mir nichts sagen kannst, was mich gleichzeitig glücklich und traurig macht."
Wie aus der Pistole geschossen kommt die Antwort: „Schatz, du hast den größten Schwanz von allen hier im Dorf!"

•••••

Zwei Männer verbuddeln sich am FKK-Strand, so dass nur noch ihre besten Stücke aus dem Sand ragen. Zwei Freundinnen kommen vorbei. Sagt die eine: „Mensch, da heiratet man wegen den Dingern, und hier wachsen sie wie Spargel im Sand!"

•••••

Im Bumsbomber nach Thailand.
Der Pilot warnt eindringlich: „Meine Herren, ich warne Sie: 50% der Frauen in dieser Region haben eine Geschlechtskrankheit, die anderen 50% haben Asthma!"
Ein Fluggast hat die Durchsage nicht verstanden und fragt den Sitznachbarn: „Was hat er gesagt?"
„Alle, die keuchen kannste vernaschen!"

•••••

Was ist der Unterschied zwischen Benzin und Vaseline?
Benzin scheidet die Fette.

•••••

„Warum sind hier alle Hocker nummeriert?", fragt der Gast den mürrischen Nebenmann an der Theke.
„Der Barkeeper dreht alle 30 Minuten am Roulette. Wessen Nummer kommt, der darf nach oben in den ersten Stock und bei einer wilden Orgie mitmachen."
„Hey, das ist ja eine tolle Idee! Und warum gucken Sie dann so mürrisch?"
„Meine Nummer will und will nicht kommen, aber meine Verlobte ist schon zum fünften Mal oben!"

Was ist der Unterschied zwischen Jesus und Casanova?
Der Gesichtsausdruck beim Nageln.

Wie viel Eichhörnchen passen in einen Damenslip?
Mindestens 100, wenn sogar ein ausgewachsener Bär Platz hat!

Der Weihnachtsmann erblickt das nackte Mädchen auf der Couch: „Tue ich es, komme ich nicht wieder in den Himmel, tue ich es nicht, komme ich nicht wieder durch den Kamin ..."

Zwei Nachbarinnen am Gartenzaun: „Verdammt, da kommt mein Mann mit einem riesigen Blumenstrauß. Da muss ich heute Abend wieder mal die Beine breit machen."
„Wieso? Habt ihr denn keine Vase?"

Die Prinzessin zum Frosch: „Also wenn ich dich küsse, wirst du ein junger hübscher Prinz?"
Der Frosch: „Das ist mein Bruder. Mir musst du einen blasen."

Drei Freunde kommen an einem Schaf vorbei, das sich im Stacheldrahtzaun verfangen hat.
„Mann, wenn das jetzt Sophia Loren wäre", fantasiert der erste.
„Oder Halle Berry", seufzt der zweite.
„Mir würde es schon reichen, wenn es dunkel wäre ..."

Sagt ein Mann enttäuscht zur Nutte: „Sie haben aber wenig Holz vor der Hütte!"
„Na, um Ihr Würstchen zu grillen wird's schon langen!"

Sagt das Mädchen zur Lehrerin:
„Gestern wurde ich defloriert."
„Das heißt konfirmiert!"
„Ja, das war am Vormittag ..."

Eine geschiedene Frau gibt eine Annonce auf: „Ich suche einen Mann, der mich nicht verprügelt, nicht mit den Füßen trampelt und der ein fantastischer Liebhaber ist."
Am nächsten Tag klingelt es an der Türe, sie öffnet und erblickt einen Mann ohne Arme und ohne Beine. Sie blickt zweifelnd. Er: „Schauen Sie, ich kann Sie nicht verprügeln und es wäre mir völlig unmöglich, mit den Füßen zu trampeln."
Sie: „Aber ich hatte ausdrücklich geschrieben, dass er auch ein fantastischer Liebhaber sein muss!"
Er grinst: „Na, geklingelt habe ich doch, oder?"

•••••

Ein Freund zum anderen: „Ich habe heute nacht von Aal in Gelee geträumt ..."
„Und?"
„... und als ich aufwachte, hatte ich den Aal in der Hand und das Gelee auf dem Bauch!"

•••••

Der Unterschied zwischen Erotik und Pornographie ist, ob man eine Hühnerfeder benutzt oder ein ganzes Huhn!

•••••

Ein alter Greis beim Arzt: „Herr Doktor, ich befürchte, ich werde impotent!"
Der Arzt: „Wie kommen Sie denn darauf?"
„Gestern nachmittag dreimal, in der Nacht zweimal und dann heute morgen nur noch einmal!"

•••••

Was ist die Ewigkeit?
Die Zeit vom Orgasmus bis die Alte dann endlich geht ...

•••••

Ein Mann betritt eine öffentliche Toilette. Dort steht einer an der Rinne, die Arme ausgestreckt, die Finger weit gespreizt und bittet den Neuankömmling: „Können Sie mir die Hose öffnen und mein Glied rausholen?" Der Mann findet das zwar seltsam, aber aus Mitleid tut er dem anderen den Gefallen. Der andere erleichtert sich und der Mann möchte ihm wieder in die Hose helfen.
„Dankeschön, aber ich denke der Nagellack müsste jetzt trocken sein."

•••••

Bück dich, Fee! Wunsch ist Wunsch!

•••••

Zwei Hunde beim Tierarzt. Der eine erzählt: „Ich habe die Nachbarstochter gebissen und werde jetzt eingeschläfert, und du?"
„Ich lag im Badezimmer als Frauchen reinkam. Und als sie sich über die Wanne beugte, habe ich sie von hinten genommen."
„Und wirst du jetzt auch eingeschläfert?"
„Nein, ich bin nur zum Nägelschneiden hier ..."

*****

Die Mutter trocknet sich nach dem Duschen gerade ab, als der Sohn das Badezimmer betritt.
„Mama, was ist das da unten?"
„Das, mein Sohn, ist ein Bienennest."
„Ist das nicht sehr gefährlich, so nah an der Pflaume?"

*****

Zwei Streifenpolizisten begegnen im Park einer splitterfasernackten Frau.
„Ignorieren!", kommt über Funk die Anweisung vom Polizeirevier.
Spät am Abend treffen die beiden Polizisten auf dem Revier ein, völlig fertig und abgerissen.
„Was ist euch denn da draußen passiert?", will der Kommissar wissen.
„Wir haben die Frau im Park ignoriert, genau wie Sie gesagt haben – er fünfmal und ich viermal!"

*****

Der Chef: „Die neue Sekretärin wird das Büro ganz schön auf Trab bringen!"
„Wieso das denn?"
„Sie hat bei der Bewerbung unter Fremdsprachen ‚Fellatio' eingetragen!"

*****

Ein Junge steht im Spielwarenladen und betrachtet begehrlich die Teddybären im obersten Regal. Eine Verkäuferin fragt freundlich: „Soll ich dir einen runterholen?"
„Aber nur, wenn ich dafür einen Teddy kriege!"

*****

Visite im Altersheim.
Der Arzt fragt Opa: „Sagen Sie, wann haben Sie denn das letzte Mal Sex gehabt?"
Opa: „1945!"
Der Arzt: „Na, das ist ja wirklich schon lange her!"
Opa: „Wieso? Jetzt ist 20:15!"

*****

Der Mann zum Arzt: Ich leide unter Schlaflosigkeit."
„In Ordnung, ich verschreibe Ihnen Viagra."
„Kann ich dann besser einschlafen?"
„Nein, aber das Wachsein macht mehr Spaß!"

*****

Ein Mann spaziert durchs Rotlichviertel und sieht in einem der Schaufenster eine Dame, die ihm gefallen könnte. Er klopft ans Glas:
„Wieviel?"
„450 Euro."
„Das ist aber teuer!"
„Ist ja auch Isolierglas!"

*****

Drei Spermien streiten: „Ich will erster sein!"
„Nein ich!"
„Bleibt locker Jungs, lasst uns erstmal sehen, wie wir wieder aus der Speiseröhre rauskommen!"

*****

Auf der Toilette steht ein riesiger Typ neben einem Zwerg an der Rinne. Als der Zwerg sein Glied herausholt, fallen dem Riesen vor Staunen fast die Augen aus dem Kopf und er pfeift anerkennend.
„Schön und gut", sagt der Zwerg, „aber bei jeder Erektion falle ich in Ohnmacht!"

*****

Zwei Frauen in der Oper. Der Tenor gibt bei der Arie alles. „Was für ein Organ!", flüstert die eine. Flüstert die andere zurück: „Die Stimme ist aber auch nicht schlecht!"

*****

„Meine Frau betrügt mich!"
„Woher willst du das denn wissen?"
„Sie behauptet, sie war die ganze Nacht bei Sylvia!"
„Ja und?"
„Ich war die ganze Nacht bei Sylvia!"

*****

Der Luxusdampfer sinkt. Alles hastet in Panik zu den Booten.
Der Kapitän greift ein: „Halt! Wir nehmen zuerst die Frauen!"
„Ja haben wir dafür denn noch Zeit?"

*****

Was ist eine Gummipuppe mit weißen Augen?
Voll!

*****

Sie: „Liebling, guter Sex beginnt im Kopf!"
Er: „In Ordnung, Schatz, komm her und mach den Mund auf!"

*****

Sagt sie zu ihrem neuen Bekannten: „Ich verstehe gar nicht, was meine Freundinnen an Ihnen so toll finden!" Er lächelt nur und leckt sich über die Augenbrauen.

*****

Ein Mann beim Urologen: „Herr Doktor, ich habe entsetzliche Schmerzen an meinem Penis!"
Der Arzt untersucht das beste Stück und will wissen: „Verheiratet?
„Ja, Herr Doktor."
„Sex?"
„Ja."
„Wie oft?"
Der Mann überlegt: „Montag ... Dienstag ... Mittwoch ... eigentlich die ganze Woche."
Der Arzt: „Haben Sie eine Geliebte?"
„Ja, Herr Doktor."
„Sex?"
„Ja."
„Wie oft?"
Der Mann überlegt wieder: „Montag ... Dienstag ... Mittwoch ... eigentlich die ganze Woche."
Der Arzt denkt nach: „Besuchen Sie ein Bordell?"
„Ja, Herr Doktor"
„Sex?"
„Ja"
„Wie oft?"
Der Mann überlegt: „Montag ... Dienstag ... Mittwoch ... eigentlich die ganze Woche."
Meint der Arzt: „Also das ist aber völlig normal, dass Ihr Penis bei soviel Geschlechtsverkehr schmerzt!"
Der Mann: „Na da bin ich aber erleichtert, ich dachte schon, das kommt vom Onanieren!"

*****

Ein Mann sitzt mit einem riesigen blauen Auge an der Bar.
Ein Freund fragt: „Wo hast du denn dieses Veilchen her?"
„Ich habe ‚du' zu meiner Frau gesagt."
„Was ist denn daran so schlimm?"
Naja, sie hat gesagt: „Wir hatten schon seit Wochen keinen Sex mehr", und ich habe geantwortet: „Du!"

*****

Der junge Mann zu ihr: „Sollen wir zu mir nach Hause gehen und Zaubertricks machen?"
„Au ja, was wollen wir denn machen?"
„Erst fick ich dich und dann verschwindest du!"

*****

Ein Zoophilist, ein Sadist, ein Killer, ein Nekrophiler, ein Pyromane und ein Masochist langweilen sich.
Meint der Zoophilist: „Holen wir uns einen Hund."
Sagt der Sadist: „Au ja, wir holen uns einen Hund und quälen ihn."
Meint der Pyromane: „Wir holen uns einen Hund, quälen ihn und dann zünden wir ihn an!"
Der Killer: „Wir holen uns einen Hund, quälen ihn, zünden ihn an und dann töten wir ihn!"
Der Nekrophile: „Wir holen uns einen Hund, quälen ihn, zünden ihn an, töten ihn und ficken ihn dann!"
Der Masochist: „Wuff! Wuff!"

*****

Der junge Mann bringt seine Freundin spät nach Hause. Beim Abschied im Treppenhaus sagt er: „Kannst du mir schnell noch einen blasen?"
Sie: „Bist du verrückt? Meine Eltern könnten uns sehen!"
Er: „Och, bitte, bitte!"
Sie: „Du weißt doch was los ist, wenn wir erwischt werden!"
Er: „Aber ich liebe dich so sehr!"
Sie: „Nein, das geht jetzt wirklich nicht!"
Er: „Natürlich geht das ... bitte."
Plötzlich geht im Treppenhaus das Licht an und die kleine Schwester steht blinzelnd im Schlafanzug an der Treppe: „Papa sagt, mach hin und blas' ihm endlich einen. Wenn nicht, kann auch Mama runterkommen und ihm einen blasen oder ich. Wenn's unbedingt sein muss, sagt Papa, kommt er selber runter und macht's. Aber sag dem verdammten Arschloch, er soll seine Hand von der Klingel und der Sprechanlage nehmen!"

Die Mutter klärt ihre Tochter auf: „Dort, wo der Samen reingeht, kommt auch das Kind raus."
Erschreckt greift sich die Tochter an den Hals: „Verdammt Mama, das wird eng!"

Der junge Mann zum Apotheker: „Ich brauche eine Großpackung Kondome. Ich bin heute bei meiner neuen Freundin eingeladen und da soll's so richtig rund gehen!"
Beim Abendessen mit ihren Eltern schaut der junge Mann stets nach unten und würdigt die Familie keines Blickes. Sie will wissen, warum. „Hätte ich gewusst, dass dein Vater Apotheker ist, wäre ich nicht gekommen", murmelt er.

Zwei Männer stehen im Schwimmbad nebeneinander unter der Dusche.
Sagt der eine: „He, was machen Sie denn da? Holen sie sich hier etwa einen runter?"
Der andere: „Ich kann mich doch wohl so schnell waschen, wie ich will!"

Fragt der Sohn seine Mutter: „Mama, warum bin ich schwarz, obwohl du weiß bist und Papa ebenfalls?"
Die Mutter: „Das soll dir dein Vater erklären."
Sohn: „Papa, warum bin ich schwarz, obwohl du und Mama beide weiß seid?"
Vater: „Das war eine wilde Orgie, alles ging drunter und drüber. Sei froh, dass du nicht bellst!"

Die Nutte quatscht den Mann an: „Na Süßer, wie wär's mit Blasen für 50 Euro?"
Der Mann: „Entschuldigen Sie, ich bin verheiratet!"
„Na, und was macht das für einen Unterschied?"
„Meine Frau macht's mir für 35 Euro!"

•••••

Die Tochter kommt nach Hause und erzählt verwirrt: „Mama, in der Bahn saß ein Mann neben mir. Erst hat er seine Hand auf meine Schulter gelegt, dann an meine Brust gefasst, dann seine Hand auf meinen Schenkel gelegt und dann ..."
„Hör auf!", schreit die Mutter, „du machst mich noch ganz geil!"

•••••

Der Eheberater zum frustrierten Ehemann: „Sie müssen die Spontanität wieder in Ihr Sexleben zurückholen. Wenn Sie das nächste Mal Lust haben, dann legen Sie einfach los!"
In der nächsten Sprechstunde möchte er wissen, wie die Ehefrau reagiert hat. Sagt der Mann: „Also meine Frau redet kein Wort mehr mit mir, aber ihr Kaffeekränzchen war begeistert!"

•••••

Der Vater beobachtet seine Tochter beim Onanieren mit einer Banane. Am nächsten Tag bindet er die Banane an eine Leine und zieht sie durch die Wohnung. Die Tochter bekommt einen knallroten Kopf und die Mutter will wissen, was das zu bedeuten habe.
Der Vater: „Ich zeige nur meinem Schwiegersohn die Wohnung!"

•••••

Der Zehnjährige auf der Toilette. Ein lauter Knall und jämmerliches Geschrei: „Mami, ich habe mir den Schniedel in der Klobrille eingeklemmt!"
„Einen Moment, ich hole etwas zum Kühlen!"
Ruft der Junge: „Nein, lieber blasen!"
Darauf die Mutter: „Genau wie der Vater!"

•••••

Spätes Glück im Altersheim. Er erzählt seiner neuen Liebe, dass seine verstorbene Frau nachts immer seinen Penis gehalten habe, damit er besser schlief. Sie tut das Gleiche für ihn und tatsächlich schläft er Nacht für Nacht wie ein Murmeltier. Nach zwei Wochen gesteht er ihr: „Es tut mir leid, aber ich liebe eine andere!"
„Was hat sie, das ich nicht habe?"
„Zittrige Hände!"

•••••

Drei Männer an der Theke:
„Wenn ich meiner Frau ins Ohrläppchen beiße, wird sie völlig verrückt!"
„Wenn ich meiner Frau um den Bauchnabel fahre, wird sie völlig verrückt!"
„Wenn ich danach den Schniedel an der Gardine abwische, wird sie völlig verrückt!"

*****

Die Kinder spielen so verdächtig still im Keller.
Die Mutter will wissen: „Was macht ihr da?"
„Wir ficken!"
„Na dann ist ja gut. Ich dachte schon, ihr raucht heimlich!"

*****

Woran erkennt man, dass eine Pflaume reif ist?
Wenn man den Stiel hineindrücken kann.

*****

Zwei Freundinnen unterhalten sich:
„Mein Mann ist im Frühjahr immer geil wie mit 19. Ich beuge mich über die Tiefkühltruhe, da schiebt er meinen Rock hoch und nagelt mich von hinten. Was habe ich gestöhnt und geschrien!"
Die andere: „Das ist doch geil, das hat meiner auch schon gemacht."
„Ja, aber bestimmt nicht im Aldi!"

*****

Ein Filmsternchen zum anderen:
„Ich war gestern beim Casting und musste den ganzen Tag reiten!"
„Und? Hast du die Rolle bekommen?"
„Ich nicht, aber das Pferd!"

*****

Das Geld ist knapp bei dem jungen Pärchen und nach langem Überlegen beschließen sie, dass die Frau nachts nebenbei anschaffen gehen soll.
Nach der ersten Nacht will er wissen: „Und? Wie ist's gelaufen? Wieviel hast du verdient?"
„300 Euro und 50 Cent."
„Wer hat dir denn 50 Cent gegeben?"
„Wieso? Jeder hat mir 50 Cent gegeben!"

*****

Zwei Frauen auf der Parkbank: „Sag mal, sagst du deinem Mann immer, wenn du einen Orgasmus hattest?"
„Nein, ich will ihn nicht ständig auf der Arbeit anrufen!"

*****

Sie: „Schatz, würdest du mit einer anderen schlafen, wenn ich sterbe?"
Er: „Dafür musst du doch nicht extra sterben!"

*****

Ein Mann zu seinem besten Freund: „Du, wenn ich mit deiner Frau schlafe, sind wir dann verwandt?"
„Nein, quitt!"

•••••

Ein altes Ehepaar hat Streit. „Wenn du stirbst, lasse ich auf deinen Stein schreiben: Hier liegt meine Frau – kalt wie immer!", brüllt er.
Sie keift zurück: „Und wenn du stirbst, lasse ich auf den Stein schreiben: Hier liegt mein Mann – endlich steif!"

•••••

Die Mutter ermahnt die Tochter: „Kind, musstest du denn wirklich mit dem Erstbesten ins Bett gehen?"
„Aber Mutti – er war weder der Erste noch der Beste!"

•••••

Sie kommt früher als erwartet von der Arbeit zurück und findet ihn im Schlafzimmer.
Sie flüstert: „Mach sofort meine Bluse auf und zieh sie aus."
Und etwas erregter: „Und jetzt meine Hose, schnell!"
Und noch lauter: Und jetzt meinen BH. Los, los!"
Und zum Schluss schreit sie: „Den Slip auch, aber dalli! Und wenn ich dich nochmal in meinen Klamotten erwische, lasse ich mich scheiden!"

•••••

Was ist der Unterscheid zwischen einem Impotenten, einem Frigiden und einem Senilen?
Der Impotente will, kann aber nicht.
Der Frigide kann, will aber nicht.
Und der Senile kann und will – aber er weiß nicht mehr, was.

•••••

Zwei Freunde sprechen über ihren Thailand-Urlaub:
„Wie viele Kondome nimmst du denn mit?"
„20, und du?"
„17."
„Wieso gerade 17?"
„Mehr habe ich nicht draufbekommen."

•••••

Was ist der Unterschied zwischen Liebe, großer Liebe und übertriebener Liebe?
Blasen, Schlucken, Gurgeln!

•••••

Ein Mann kauft in der Apotheke ein Päckchen Kondome, reißt es auf, wirft alle Kondome auf den Boden und trampelt wie verrückt darauf rum.
„Was soll das denn?", will die entgeisterte Apothekerin wissen.
„Genauso habe ich mir das Rauchen auch abgewöhnt!"

•••••

Der Enkel fragt den Opa: „Sag mal, Opa, wie ist das, wenn man älter wird? Wird der Schniedel dann länger oder kürzer?"
„Beides", entgegnet der Greis, „er ist dann länger kurz!"

*****

Der Papagei des Puffs wird verkauft, weil er niemals spricht. Der stolze neue Besitzer gibt eine Party, die ganze feine Gesellschaft ist geladen. Plötzlich zeigt der Papagei mit dem Flügel der Reihe nach auf die anwesenden Männer: „Dich kenne ich, dich kenne ich, und dich kenne ich auch – aber die Nutten hier sind alle neu!"

*****

Was ist Algebra?
Wenn man morgens um neun die Wurzel aus einer Unbekannten zieht.

*****

Was ist der Unterschied zwischen Französisch und Alt-Französisch?
Französisch ist mit Zähnen!

*****

Was ist lang, hart und voller Sperma?
Ein U-Boot!

*****

Warum sind Schamhaare lockig?
Man könnte sich sonst leicht ins Auge stechen.

*****

Ein Mann geht zum Psychiater und erzählt: „Seit Wochen träume ich in der Gurkenfabrik von nichts anderem, als meinen Penis in den Gurkenhobler zu stecken. Gestern habe ich all meinen Mut zusammengenommen und es endlich getan."
„Um Gottes Willen, was ist passiert?"
„Ich wurde entlassen."
„Und der Gurkenhobler?"
„Der natürlich auch."

*****

Wer ist der begehrteste Mann am FKK-Strand?
Der Typ, der zwei Tassen Kaffee und zwölf Donuts gleichzeitig trägt.
Und wer ist die begehrteste Frau?
Die Frau, die die letzten beiden Donuts auch noch essen kann.

*****

Was liegt unter dem Nussbaum und stöhnt?
Frau Nussbaum.

*****

Der Verleger ruft die junge Schriftstellerin an: „Es tut mir leid, wegen der vielen Schweinereien können wir Ihr Buch leider nicht drucken."
„Schade, dann schicken Sie es mir sicher zurück?"
„Nein, ich bringe es Ihnen heute Abend selbst vorbei!"

*****

Was ist das medizinische Gegenstück zu Viagra?
Terpentin – Terpentin kriegt jeden Pinsel weich.

•••••

Was ist der Unterschied zwischen einer Bratpfanne und der Hand einer Frau?
In der Bratpfanne werden die Würste kleiner, in der Frauenhand kann man nichts braten.

•••••

Ein Mann rempelt an der Rezeption versehentlich eine Frau an.
Verlegen entschuldigt er sich: „Wenn Ihr Herz so weich ist wie Ihr Busen, verzeihen Sie mir."
Sagt sie: „Wenn Ihr Schwanz so hart ist wie ihr Ellenbogen, finden Sie mich in Zimmer 412."

•••••

Zwei Freunde beim Kreuzworträtsel:
„Weibliches Geschlechtsorgan?"
„Senkrecht oder waagerecht?"
„Waagerecht."
„Dann muss es der Mund sein."

•••••

Was ist die „Pennerstellung"?
Sie macht Brücke, er legt sich drunter – und schläft ein!

•••••

Ein Ritter reitet durch den Wald. Plötzlich ein Knall und vor ihm steht eine wunderschöne Fee: „Ich gewähre dir drei Wünsche."
Der Ritter: „Ich hätte nur einen, aber den dreimal hintereinander."

•••••

Die alte Hexe begegnet beim Pilze sammeln im Wald einem jungen gutgebauten Holzfäller.
Sie deutet auf den Raben auf ihrer Schulter:
„Wenn du errätst, was das für ein Tier ist, darfst du die Nacht mit mir verbringen."
Der Holzfäller: „Ein Schwein."
„Na, das lass' ich gerade noch mal durchgehen."

•••••

Was ist der Unterschied zwischen einem Tankwart und einer Französin?
Der Tankwart kann blasenfrei zapfen.

•••••

„Meine Frau raucht immer nach dem Sex."
„Mann, bist du aber schnell!"

•••••

„Warum lässt du mich nie spüren, wenn's dir kommt?"
„Weil du da nie zu Hause bist."

•••••

„Du bist wie ein Löwenzahn."
„Wieso?"
„Einmal kurz geblasen und der ganze Samen ist weg!"

*****

Zwei Nonnen im Feinkostladen:
„Was kosten die Gurken?"
„Pro Stück einen Euro, aber heute gibt's ein Sonderangebot: drei Gurken für 2,50."
Sagt die eine Nonne zur anderen:
„Drei? Dann können wir ja eine essen ..."

*****

Sagt Sie zu ihm: „Küss mich, wo's am stärksten stinkt!"
Er: „Was willst'n mitten in der Nacht am Klärwerk?"

*****

Ein Pärchen auf Spazierfahrt mit dem Auto. Sie: „Halt an, da liegt ein angefahrenes Stinktier!"
Sie packen sich das Stinktier ins Auto und fahren weiter. Sie: „Dem armen Kleinen ist bestimmt kalt, der zittert ja am ganzen Körper. Wir müssen ihn irgendwie wärmen."
Er: „Dann leg ihn doch in deinen Schoß."
„Und was ist mit dem Gestank?"
„Halt ihm einfach die Nase zu."

*****

Der Jäger entdeckt in seinem Revier eine schlafende nackte Frau. Weil ihm ihre Nacktheit peinlich ist, bedeckt er ihre Scham mit seinem Hut und geht seiner Wege. Etwas später kommt eine Pilzsammlerin vorbei und sagt: „Also ich hab's ja in meiner Jugend manchmal auch ganz schön wild getrieben, aber dass von einem Kerl nur noch der Hut rausguckt, habe ich noch nie erlebt."

*****

Drei Mäuse geben an. Die erste sagt: „Mausefalle? Die halte ich mit einer Hand auf, während ich mit der anderen den Käse angele!"
Die zweite trumpft auf: „Rattengift? Das zermahle ich und zieh' mir 'ne Line!"
Die dritte dreht sich um und sagt im Gehen: „Mann, was seid ihr für warmduschende Weicheier – ich geh' jetzt die Katze poppen!"

*****

Vier Nonnen an der Himmelspforte beichten ihre Sünden.
Sagt die erste: „Ich habe ein männliches Glied gesehen."
Petrus: „Wasch' dir an dem Brunnen da hinten die Augen."
Die zweite meint: „Ich habe dem Pfarrer einen runtergeholt."
Petrus: „Dann wasch' dir an dem Brunnen die Hände."
Sagt die vierte Nonne zur dritten: „Du lässt mich aber gefälligst den Mund spülen, bevor du dir den Hintern wäschst!"

•••••

Warum sind die meisten Männer nicht sauer, wenn ihre Frauen beim Sex an Chuck Norris denken?
Weil sie es auch tun.

•••••

„Wohin guckst du zuerst, wenn du eine schöne Frau siehst?"
„Ob meine Alte guckt!"

•••••

Ich bin so schlecht im Bett – das musst du erlebt haben!

•••••

Was ist schwarz-gelb, fliegt durch die Luft und spuckt Sägespäne?
Die Biene Maya hat Pinocchio einen geblasen.

•••••

Die Tochter kommt in die Küche: „Mama, Mama, der Milchmann!"
„Na, dann lass ihn doch!"
„Hab' ich ja, aber er will nochmal!"

•••••

„Sagen Sie, Frau Meier, wieso scheint eigentlich immer die Sonne, wenn sie Waschtag haben?"
„Immer wenn ich waschen will, hebe ich morgens die Betttdecke und schaue auf den kleinen Prinzen meines Mannes. Liegt er links, gibt's Regen; liegt er rechts, gibt's Sonnenschein."
„Und wenn er steht?"
„Glauben Sie, dann bin ich so blöd und mache die Wäsche?"

•••••

Der junge Mann zur Blumenverkäuferin: „Ich hätte gerne ein Gesteck für eine süße junge Dame."
Die Verkäuferin möchte wissen: „Haben Sie an etwas Bestimmtes gedacht?"
„Natürlich – deshalb brauche ich ja die Blumen!"

•••••

Die Verkäuferin im Blumenladen klärt den jungen Mann über die „Blumensprache" auf: „Wollen Sie kosen, nehmen Sie Rosen, wollen Sie küssen, nehmen Sie Narzissen!"
Er überlegt kurz: „Geben Sie mir einen großen Strauß Wicken!"

•••••

Ein gut aussehender Mann kommt mit seiner Katze ins Bistro und bestellt ein Bier für sich und zehn Frikadellen für die Katze. Fünf Minuten später bestellt er dasselbe noch einmal und nach wiederum fünf Minuten noch einmal.
Der verwunderte Wirt will wissen: „Wie kann denn eine so kleine Katze in 15 Minuten 30 Frikadellen essen?"
Der Mann meint: „Gestern erschien mir eine Fee und gewährte mir drei Wünsche. Ich habe mir umwerfendes Aussehen und ein dickes Bankkonto gewünscht – und eine unersättliche Muschi!"

*****

„Meine Freundin wurde im Bulimie-Forum gesperrt, weil sie schluckt."

*****

Zwei Freundinnen unterhalten sich: „Was gibt's denn heute bei euch zu Mittag?"
„Spaghetti mit Sperma."
„Igitt, wie eklig – Spaghetti!"

*****

Der Freier fragt die blutjunge Prostituierte: „Sag mal, weiß deine Mutter eigentlich, was du hier treibst?"
„Na hoffentlich nicht, das ist nämlich ihr Revier!"

*****

Warum kann Miss Piggy nicht bis 70 zählen?
Weil Sie bei „69" einen Frosch im Hals hat!

*****

Der junge Mann zu seiner Angebeteten: „Meine Uhr kann hellsehen!"
Sie: „Und was sieht deine hellsehende Uhr?"
„Dass du keinen Slip anhast!"
„Stimmt nicht!"
„Mist, sie geht zwei Stunden vor!"

*****

Ein Mann beneidet im Schwimmbad einen Farbigen um seinen großen Penis. Er fragt: „Ich wüsste gern, wie ich ein so enormes Ding wie du kriegen kann?" Sagt der Farbige: „Kein Problem, wenn du jeden Tag mit einem Hammer draufhaust, wird er so groß wie meiner."
Zwei Wochen später begegnen die beiden sich erneut und der Farbige will wissen: „Und? Ist er schon größer?"
„Nein, aber die richtige Farbe hat er schon!"

*****

Sagt die eine Golferin zur anderen: „Mist, ich habe mich eben zwischen dem ersten und dem zweiten Loch verletzt."
„So ein Pech, da hält doch auch kein Pflaster."

*****

Er fragt das hübsche Mädchen: „Sagen Sie, würden sie für 10 Millionen Euro mit einem wildfremden Mann schlafen?"
„Ja sicher, sofort!"
„Würden Sie für 30 Euro mit mir schlafen?"
„Das ist aber dreist, was glauben Sie, was ich bin?"
„Das hatten wir doch bereits geklärt, jetzt verhandeln wir über den Preis!"

•••••

Zwei Freundinnen schauen in der Disko einem attraktiven Mann hinterher:
„Schau, hat der nicht ein tolles Profil?"
„Es könnte aber auch ein Schlüsselbund sein."

•••••

Der Elefant und das Kamel treffen sich im Zoo.
Meint der Elefant: „Sag mal, wieso sind denn deine Titten auf dem Rücken?"
Sagt das Kamel: „Blöde Frage für jemand mit dem Schwanz im Gesicht!"

•••••

Die Mutter aus dem Hinterzimmer: „Kind, ist der Postbote schon gekommen?"
Darauf die Tochter: „Nein, Mama, aber er atmet schon ganz heftig!"

•••••

Zwei Jäger auf dem Hochsitz. Der eine erzählt: „Ich habe mir letzte Woche ein neues Fernglas gekauft, das ist gestochen scharf. Ich kann von hier aus sogar mein Haus sehen. Hier, probier du mal."
Der andere guckt durch und fragt: „Was würdest du tun, wenn deine Frau dich mit deinem besten Freund betröge?"
„Zuerst würde ich ihr in den Kopf schießen und dann meinem Freund in die Eier!"
Sein Jagdgenosse: „Leg' an Hubert, du könntest es gerade mit einem einzigen Schuss schaffen!"

•••••

Die beste Nutte im Edelbordell von Madame Rosie kündigt. „Aber warum denn bloss, Marie?", will die Chefin wissen. „Erst gestern habe ich dich mehr als zwanzigmal mit einem Kunden nach oben gehen sehen!"
„Genau das ist es ja – meine Füße bringen mich um!"

•••••

Ein Polizist nähert sich dem Auto des jungen Paares, das mitten auf der Kreuzung steht. Er klopft an die Scheibe: „Entschuldigen Sie, Sie behindern den Verkehr!"
Kommt eine Stimme aus dem Auto: „Na und? Sie doch auch!"

•••••

Die Mutter zum Vater: „Schatz, unser Sohn ist mittlerweile alt genug, dass du ihn aufklärst. Aber fall' nicht direkt mit der Tür ins Haus, fang' mit den Schmetterlingen an!"
Der Vater geht ins Kinderzimmer: „Junge, erinnerst du dich an letzten Sonntag, als wir uns im Puff so richtig geil ausgefickt haben? – Genau so ist es mit den Schmetterlingen!"

Gero will mit seiner Schildkröte ins Kino. Die Kassiererin sagt: „Haustiere haben hier keinen Zutritt!" Gero sucht eine dunkle Ecke und schiebt die Schildkröte in seinen Hosenstall. Schnell noch etwas Popcorn gekauft und ab ins Kino! Als es dunkel wird, öffnet er seinen Hosenlatz, damit die Schildkröte auch etwas sehen kann. Die junge Frau am Ende der Reihe stupst ihren Freund an: „Guck mal, der hat einfach sein Ding rausgeholt!"
Der Freund: „Das mache ich doch auch oft, damit du an mir spielen kannst!"
„Ja, aber dein Penis frisst kein Popcorn!"

Die 90-jährige im Beichstuhl: „Herr Pfarrer, ich habe einen jungen hübschen Mann verführt. Wir haben es die ganze Nacht lang wild und geil getrieben." Der Pfarrer: „Ich glaube ja alles Mögliche, aber das glaube ich Ihnen nicht."
Erwidert die Oma: „Es ist auch schon über 70 Jahre her, aber ich beichte es immer noch gerne."

Treffen sich zwei Freundinnen. Die eine erzählt: „Stell dir vor, mein Mann ist jetzt zu 300% impotent."
Staunend die andere: „Aber wie soll das denn gehen?"
„Na, 100% war er ja schon immer. Aber jetzt ist er die Kellertreppe heruntergefallen, hat sich dabei beide Handgelenke gebrochen und auf die Zunge gebissen."

Bei der Stewardessenprüfung: „Sie müssen notlanden und sind mit 20 Männern alleine auf einer einsamen Insel – was machen sie?"
Die Engländerin: „Selbstmord ist die einzige Lösung!"
Die Deutsche: „Ich appelliere an ihre Ehre und ihren Verstand!"
Die Französin: „Wo ist das Problem?"

Der Herr Pfarrer spaziert abends am Gartenteich. Plötzlich sagt ein großer Frosch: „Guten Abend, Herr Pfarrer!
Der Pfarrer fragt erstaunt: „Du kannst sprechen?"
„Ich bin eigentlich kein Frosch, sondern ein junger Ministrant, den die böse Hexe mit einem Fluch belegt hat. Wenn Sie mich eine Nacht in Ihrem Bett schlafen lassen, ist der Fluch gebrochen."
Der barmherzige Pfarrer will natürlich helfen, wie es seine Pflicht ist. Und siehe da, am nächsten Morgen liegt tatsächlich ein junger Ministrant im Bett des Pfarrers!
„Und damit, Herr Richter, Herr Staatsanwalt, möchte die Verteidigung schließen."

•••••

„Welche vier Flüsse kennt jede Blondine?
Rhein – Inn – Main – Po!"

•••••

Die Lehrerin sagt:
„Ellen, steigere das Wort breit!"
„Breit, breiter, am breitesten!"
Gut, und jetzt das Wort hoch!"
„Hoch, höher, am höchsten!"
Die Lehrerin: „Sehr schön, Ellen – und zum Abschluss das Wort tief!"
Ellen wird rot und stottert: „Tief ... aaah ... tiefer ... ah, ja ... jaahaa, so ist's schön!"

•••••

Trifft ein Azubi seinen Chef auf dem Örtchen. Sagt er: „Endlich mal ein Ort, wo ich mir Ihnen gegenüber etwas herausnehmen darf."
Kontert der Chef: „Na, dann passen Sie mal auf, dass Sie nicht auch hier den Kürzeren ziehen!"

•••••

Kommt der Ehemann abends ans Bett seiner Frau.
„Hier ist deine Kopfschmerztablette."
„Aber ich habe doch gar keine Kopfschmerzen."
„Na, dann ..."

•••••

Auf der chirurgischen Station liegt ein Matrose, der sich nach einem Beckenbruch noch nicht richtig bewegen kann und der deshalb von den Schwestern gewaschen werden muss. Eines Tages flüstert eine ältere Schwester einer Jüngeren zu: „Hast du gesehen, was der Matrose auf seinem Ding stehen hat? ‚Rumbalotte'! Was hat das wohl zu bedeuten?"
„Ach, das ist ganz einfach", erklärt die junge, hübsche Schwester. „Genau genommen steht da nämlich nicht ‚Rumbalotte' drauf, sondern ‚Ruhm und Ehre der baltischen Flotte'."

•••••

Unterhalten sich Freundinnen. Fragt die eine: „Redest du eigentlich nach dem Sex viel mit deinem Mann?"
„Nur wenn mein Handy gerade in der Nähe liegt!"

Eine ältere Dame macht mit einer Freundin zum ersten Mal eine Kreuzfahrt. An ihrem Tisch stellt sich ein junger Mann in schicker Uniform vor: „Guten Abend, ich bin Ihr Deckoffizier."
Flüstert die ältere Dame ihrer Freundin zu: „Also hier haben sie ja wirklich an alles gedacht!"

Die kleine Maja hat den Unterschied zwischen Jungs und Mädchen entdeckt: „Mama, wann bekomme ich auch so etwas zwischen meine Beine?"
„Geduld, mein Kind, Geduld."

Die 16jährige Tochter kommt von ihrer ersten Party zurück.
Fragt die Mutter: „Warst du auch artig?"
„Wenn ich Tom glauben darf, war ich sogar großartig!"

Fragt er seine Freundin: „Wollen wir die Abkürzung durch den Wald nehmen?"
„Nein, heute habe ich nicht so viel Zeit!"

Prahlen drei Männer in der Kneipe. Sagt der erste: „Meine Tochter ist Logopädin. Ich weiß zwar nicht genau, was das ist, aber sie hat immer viel zu tun und verdient gut."
Steigert der zweite: „Also meine Tochter ist Anästhesistin. Ich weiß zwar nicht genau, was das ist, aber sie hat sehr viel zu tun, verdient aber auch sehr gut."
Daraufhin der Dritte: „Also meine Tochter verdient extrem gut. Die arbeitet als Prostituierte. Ich weiß zwar nicht genau, was das ist, aber die hat so viel zu tun, dass sogar meine Frau aushelfen muss!"

„Meine Frau ist die absolute Granate im Bett!", prahlt ein Mann. Sagt der Freund: „Da bin ich mir nicht so sicher. Die einen sagen so, die anderen so."

Die Mutter war eine Woche im Urlaub. Als sie zurückkommt fragt sie ihre Tochter: „Letzte Woche gab es jeden Tag Gewitter, hattest du Angst?"
„Nein, bei Gewitter hat das Kindermädchen bei mich geschlafen."
„Bei ‚mir'", korrigiert der Vater.
„Nein, Papa, bei dich hat sie nur am Dienstag geschlafen."

•••••

Opa prahlt im Altersheim: „Vor fünfzig Jahren konnte ich einen Zehn-Liter-Eimer voller Wasser an mein steifes Glied hängen und damit herumlaufen!"
„Ach, und heute kriegen Sie ihn nicht mehr hoch", spöttelt eine Pflegekraft.
„Das ist wirklich nicht das Problem, aber mein Rücken macht nicht mehr mit!"

•••••

Sagt Fritzchen morgens zu seiner Mutter „Mama, ich hab dich heute Nacht mit Papi gesehen. Du hast auf ihm gesessen und bist auf- und abgehüpft."
Mama: „Weißt du, Papi ist ja so dick und ich will die Luft aus ihm herauspressen."
Fritzchen: „Ach Mama, das bringt überhaupt nichts, weil unsere Nachbarin ihn jeden Montag morgen, wenn du auf der Arbeit bist, wieder aufbläst!"

•••••

Eine Frau geht mit ihrem 5-jährigen Sohn zum Frauenarzt. Der sagt: „Ihr Sohn kann hier nicht rein."
„Doch", sagt die Frau, „der ist schon aufgeklärt, der weiß alles."
Der Frauenarzt willigt ein und will den Sohn erst mal testen. Er fasst der Frau an die Brüste und fragt den Jungen, was er wohl gerade gemacht hat.
„Du hast meiner Mutter an die Brüste gefasst", ist die Antwort.
Der Arzt will es noch genauer wissen und leckt der Mutter an den Schamlippen.
Der Junge antwortet: „Jetzt machst du Fellatio mit meiner Mutter."
Der Arzt ist völlig überrascht und bumst nun die Mutter ordentlich durch. Als er fertig ist, fragt er den Jungen: „Was habe ich nun gemacht?"
Antwort des Jungen: „Jetzt hast du dir 'nen Tripper geholt, deswegen sind wir nämlich hier!"

•••••

Treffen sich zwei Bauern auf dem Markt. Fragt der eine Bauer: „Hast du eigentlich schon mal deine Frau so richtig, naja, so richtig ins andere Loch eben, du weißt schon, was ich meine ...?" Darauf der andere Bauer: „Bist du verrückt? Dann wird sie doch schwanger!"

•••••

„Herr Doktor, was soll ich nur tun? Der Sex mit meinem Mann funktioniert nicht mehr so richtig!"
Fragt der Arzt: „Haben Sie schon Viagra probiert?"
„Mein Mann nimmt ja nicht mal Aspirin!"
„Sie müssen das heimlich machen. Geben Sie das Medikament in den Kaffee."
Zwei Tage später kommt die Frau wieder in die Praxis: „Es war einfach schrecklich!"
„Was ist denn passiert?"
„Nun ja, wie geraten, habe ich es in seinen Kaffee geschüttet. Da ist er aufgesprungen, hat alles vom Tisch gefegt und sich die Kleider vom Leib gerissen. Dann ist er auf mich losgestürzt, hat mir auch die Kleidung vom Leib gerissen und mich gleich auf den Tisch gelegt und genommen."
„Ja, und?"
„Das war der beste Sex seit 20 Jahren, aber wir können jetzt nie wieder zu McDonalds."

*****

„Mama, du hast doch immer gesagt: Liebe geht durch den Magen."
„Ja, das stimmt."
„Stell dir vor, heute habe ich einen anderen Weg gefunden!"

*****

Ein katholischer Pfarrer ist erkrankt und der Pastor muss stattdessen die Beichte abnehmen.
Es kommt eine Frau und beichtet, dass sie Ehebruch begangen habe. Der Pastor überlegt, er ist ja ganz neu auf dem Gebiet, und gibt ihr dann 10 Ave Maria auf.
Danach kommt eine weitere Frau und beichtet, ebenfalls Ehebruch begangen zu haben, und zwar in Form von Oralverkehr. Der Pastor überlegt wiederum und entscheidet sich für 20 Ave Maria.
Eine dritte Frau kommt in den Beichtstuhl und beichtet, Ehebruch in Form von Analverkehr begangen zu haben. Der Pastor ist ratlos, er weiß nicht, was er ihr für diese schlimme Sünde als Strafe geben soll.
Er geht kurz raus aus dem Beichtstuhl und fragt einen Messdiener: „Du, sag mal, was gibt der Pfarrer für Analverkehr?"
Der Messdiener antwortet: „Zwei Tafeln Schokolade".

*****

In einer Bar nähert sich ein Mann einer Frau, die allein sitzt und fragt höflich: „Darf ich Ihnen einen Cocktail ausgeben?"
Antwortet die Frau: „Nein, danke! Alkohol ist schlecht für meine Beine!"
Sagt der Mann mitfühlend: „Oh, das tut mir leid. Schwellen sie an?"
„Nein", antwortet sie, „sie gehen auseinander."

*****

Ein Mann will sich am Kölner Hauptbahnhof ein Taxi nehmen. Er geht zum Taxistand und fragt den Fahrer, wieviel eine Fahrt nach Duisburg kostet.
„50 Euro", sagt der Taxifahrer. Daraufhin der Mann: „Ich hab aber nur 40 Euro, kannst du mich trotzdem nach Duisburg fahren?" „Nee", sagt der Taxifahrer, „die Fahrt nach Duisburg kostet 50 Euro." „Na gut", sagt der Mann, „dann fahr mich eben so weit, wie die 40 Euro reichen".
Der Taxifahrer fährt los bis Essen und sagt, „Sorry, die 40 Euro sind jetzt alle, raus." Sagt der Mann, „Guck mal, es regnet und es sind doch nur noch ein paar Kilometer bis Duisburg, kannst du nicht einfach eine Ausnahme machen?" – „Nee, raus!"
Eine Woche später, wieder am Kölner Hauptbahnhof. Wieder kommt der Mann zum Taxistand. Diesmal stehen 10 Taxis am Taxistand und im letzten sitzt der Taxifahrer von letzter Woche. Der Mann geht zum 1. Taxi und fragt: „Was kostet die Fahrt nach Duisburg?"
„50 Euro." „Okay, hier hast du 100 Euro. 50 Euro, wenn du mich nach Duisburg fährst und 50 Euro, wenn du mir einen bläst." Der Taxifahrer wird rot und brüllt „Mach bloß, dass du weg kommst, du Schwein."
Der Mann geht zum zweiten Taxi, und fragt wieder das gleiche. „Was kostet die Fahrt nach Duisburg?"
„50 Euro." „Okay, hier hast du 100 Euro. 50 Euro, wenn du mich nach Duisburg fährst und 50 Euro, wenn du mir einen bläst." Der Taxifahrer reagiert genau wie der erste.
So geht das die ganze Reihe durch, bis der Mann zum Taxifahrer von letzter Woche kommt. Er fragt: „Was kostet die Fahrt nach Wedel?"
„50 Euro, genau wie letzte Woche."
„Gut", sagt der Mann, „hier hast du 100 Euro. 50 Euro, wenn du mich nach Wedel fährst, und 50 Euro extra, wenn du jetzt im Vorbeifahren allen Kollegen freundlich zuwinkst ..."

Seit 30 Jahren haben ein Mann und seine Frau regelmäßig Sex, doch der Mann besteht darauf, dass das Licht dabei ausgeschaltet wird. Eines Tages schaltet sie doch das Licht an und sieht ihren Mann, wie er mit einer Gurke in der Hand bei der Arbeit ist ...
„Wie konntest du mich all die Jahre anlügen?"
Der Ehemann schaut ihr in die Augen, legt die Gurke beiseite und sagt: „Das mit der Gurke ist leicht erklärt, erklär du mir aber mal unsere drei Kinder."

Oma und Opa beschließen, nach langer Zeit endlich mal wieder Sex zu haben. „Aber denk daran", meint Oma, „ich hab's im Kreuz."
„Gut dass du das sagst, ich hätte an der alten Stelle gesucht."

Eine junge Frau hat genug vom Leben und will Selbstmord begehen. Sie will gerade von der Manhattan Bridge springen, als sie von einem jungen Matrosen angesprochen wird. „Ich mache dir ein Angebot für einen Neuanfang! Wir legen morgen ab Richtung Europa. Wenn du willst, dann verstecke ich dich an Bord und bringe dir jeden Tag zu essen. Ich mache dich glücklich und du machst mich glücklich. Was hast du schon zu verlieren?"
Sie geht darauf ein und er schmuggelt sie an Bord. Er bringt ihr jede Nacht etwas zu Essen und sie treiben es wild bis zum Morgengrauen. Nach drei Wochen wird das Mädchen entdeckt und zur Rede gestellt: „Ich hatte eine Abmachung mit einem Matrosen, er bringt mich nach Europa und ich schlafe dafür jede Nacht mit ihm." Darauf der Kapitän: „Das glaube ich Ihnen nicht, denn das hier ist die Fähre nach Staten Island!"

Ein Gynäkologe hat eine Patientin, die zugleich seine Geliebte ist. Er nimmt sie als letzte Patientin dran, und danach sitzen sie gemütlich zusammen und trinken Kaffee.
Auf einmal spitzt er die Ohren und flüstert hastig: „Meine Frau kommt – zieh dich aus!"

Frau Meier möchte sich in einer Tierhandlung einen Papagei kaufen. Dort entdeckt sie ein Angebot: „Papagei – nur 10 Euro!" Verwundert fragt, warum der prächtige Papagei so günstig sei. Der Verkäufer antwortet: „Also, die Sache ist so: Der Papagei hat vorher in einem Bordell gelebt und ab und zu redet er ziemlich vulgäres Zeug."
Frau Meier überlegt kurz, aber kauft dann doch den Vogel. Zu Hause hängt sie den Käfig mit dem Papagei im Wohnzimmer auf.
Der Papagei schaut sich um und krächzt: „Neuer Puff, neue Puffmutter." Frau Meier ist zunächst schockiert, beruhigt sich aber wieder.
Als die beiden Töchter von der Schule nach Hause kommen, krächzt der Papagei wieder: „Neuer Puff, neue Puffmutter, neue Nutten." Die Mutter und die beiden Töchter sind beleidigt, beschließen dann aber, die Sache nicht ernst zu nehmen.
Einen Augenblick später kommt der Familienvater nach Hause. Der Vogel sieht ihn und krächzt: „Hallo Günther!"

Ein 90-jähriges Paar beim Sex.
Er stöhnt laut und verdreht die Augen.
Sie: „Was ist los Wilhelm?"
Er: „Ich weiß es auch nicht, entweder ich komme oder ich gehe!"

Eine junge Frau fährt mit einem jungen Mann mit dem Auto ins Grüne. An einem romantischen Plätzchen angekommen, wollen sie Sex haben. Da sagt sie zu ihm: „Ich vergaß dir zu sagen, dass ich eine Prostituierte bin: eine halbe Stunde kostet 50 Euro".
„In Ordnung", sagt er, bezahlt und geht zur Sache. Auf der Rückfahrt sagt er: „Oh, ich vergaß dir zu sagen, dass ich Taxifahrer bin und die Rückfahrt zur Stadt 100 Euro kostet."

•••••

Welche Worte nerven beim Sex am meisten?
„Ich bin von der Arbeit zurück, Liebling!"

•••••

Fritzchen ist mit seiner Mutter am FKK-Strand: „Mama, warum haben einige Männer größere Pipimänner als andere?"
„Da ist ganz einfach: je intelligenter jemand ist, umso größer ist sein Pipimann."
„Und warum haben einige Frauen größere Brüste als andere?"
„Je reicher eine Frau ist, umso größer sind ihre Brüste."
„Ach so ist das! Als Papa gestern in den Dünen mit einer reichen Frau sprach, wurde er nämlich immer intelligenter!"

•••••

Der Bauer liest in der Zeitung, dass er durch Eigenbesamung seiner Schweine viel Geld sparen kann. Also packt er seine Schweine ins Auto und fährt mit ihnen in den Wald, wo er sich unbeobachtet fühlt. Dort angekommen nagelt er jedes Schwein durch und fährt wieder nach Hause.
Abends stellt er sich den Wecker auf 5 Uhr morgens, denn in der Zeitung stand, dass zu dieser Uhrzeit die Schweine quieken, wenn alles geklappt hat. Am nächsten Morgen um fünf geht er in den Stall, aber kein Schwein quiekt.
Enttäuscht fährt er mit seinen Schweinen wieder in den Wald und nagelt jedes Schwein zweimal durch. Er geht früh ins Bett, denn die viele Nagelei macht müde. Um fünf geht er in den Stall: wieder nichts.
Ein letztes Mal fährt er mit den Schweinen in den Wald und nagelt alle Schweine dreimal durch. Völlig ausgepumpt geht er abends ins Bett. Früh morgens um halb sechs kommt seine Frau ins Schlafzimmer gelaufen und ruft: „Wach auf, die Schweine!" Der Bauer: „Was ist? Quieken sie?" Frau: „Nein, sie sitzen im Auto und hupen!"

•••••

Nach der Untersuchung ist der Arzt mit seinem Patienten zufrieden, und meint: „Und mit dem Sex klappt es doch sicher auch gut."
Patient: „Na, so dreimal in der Woche klappt es meistens."
Arzt: „Bei Ihrer Konstitution müsste es problemlos dreimal am Tag klappen."
Patient: „Ich tu ja mein Bestes, aber als katholischer Priester ist das auf dem Land nicht ganz einfach."

Ein Mönch und eine Nonne reiten auf einem Kamel durch die Wüste. Plötzlich bricht das Tier tot zusammen. Nach einigen Tagen fühlen auch die beiden den Tod nahen. Da sagt der Mönch: „Schwester, ich sterbe bald, aber vorher würde ich gerne noch einmal sehen, wie eine nackte Frau aussieht. Würdest du mir den Gefallen tun?"
Die Nonne tut es und zieht sich aus. Dann sagt sie: „Bruder, ich habe noch nie einen nackten Mann gesehen. Tust du mir auch den Gefallen?" Der Mönch zieht sich ebenfalls aus. Da sagt die Nonne: „Was hast du denn dort zwischen den Beinen?"
„Das hat mir unser Herrgott gegeben. Wenn ich es in dich hineinstecke, entsteht neues Leben."
Sagt die Nonne: „Dann steck es in das Kamel und lass uns weiterreiten."

Kommt ein Ehepaar zum Eheberater, weil es in der Ehe nicht mehr so richtig klappt. Nach der Analyse des Problems sagt der Berater: „Ich kann Ihnen zeigen, was Ihre Frau braucht" und nimmt die Frau in allen möglichen Stellungen ordentlich ran. Als er endlich fertig ist, meint er dann: „So, das braucht Ihre Frau jeden Tag." Daraufhin der Mann: „Muss ich denn jedes Mal mitkommen?"

Die Oberin ruft die 100 Nonnen, die in dem Kloster leben, zu einer Versammlung.
Oberin: „Es wurde ein Kondom im Kloster gefunden!"
99 Nonnen: „Oh!" – 1 Nonne: „Hihihi!"
Oberin: „Es war benutzt!"
99 Nonnen: „Oh!" – 1 Nonne: „Hihihi!"
Oberin: „Es hatte ein Loch!"
99 Nonnen: „Hihihi!" – 1 Nonne: „Oh!"

Im Zirkus während der Raubtiernummer. Der Dompteur geht zum Löwen, öffnet die Hose, holt sein bestes Teil heraus und legt es in das offene Löwenmaul. Der Löwe schließt vorsichtig das Maul, der Dompteur haut ihm mehrmals auf den Kopf – schließlich öffnet der Löwe das Maul wieder, der Dompteur verstaut sein bestes Stück in der Hose und wendet sich zum Publikum: „Wer traut sich, dieses Kunststück nachzumachen?" Meldet sich ganz vorn eine Blondine und sagt: „Aber bitte nicht so fest auf den Kopf hauen!"

*****

Ist Sex eine schmutzige Sache? Ja, aber nur, wenn man's richtig macht.

*****

Der Pfarrer warnt die jungen Mädchen: „Eines Tages werdet ihr den schönen Worten eines jungen Mannes Glauben schenken. Fragt euch aber vorher: Wiegt eine Stunde der Lust ein Leben in Schande auf?" Später fragt eines der Mädchen seine Mutter: „Sag mal Mama, wie stellt man es an, dass es eine Stunde dauert?"

*****

Kommt ein Mann zum Arzt und klagt, dass es mit dem Sex nicht mehr so läuft. Daraufhin gibt ihm der Arzt eine kleine Flasche: „Tun sie davon ihrer Frau zwei Tropfen in den Wein zum Abendessen, dann bekommt sie schon wieder Lust!" Gesagt, getan, bekommt die Frau ein paar Tropfen ab.
Denkt sich der Mann: „Wenn das Zeug wirklich was taugt, muss es ja auch bei mir wirken", und nimmt einen Schluck. Spät am Abend gehen die beiden zu Bett. Nichts passiert, sie schlafen ein. Mitten in der Nacht wacht sie auf und meint: „Jetzt brauche ich einen Mann." Darauf wacht er auf und meint: „Ich auch!"

*****

Walter stirbt und kommt in den Himmel. Man steckt ihn in ein langes Nachthemd, gibt im etwas Brot und eine Flasche Wasser. Bei einem Spaziergang entdeckt er einen ehemaligen Schwerverbrecher – eine Blondine in der Linken und eine Flasche Whisky in der Rechten. Walter ist sauer und beschwert sich bei Petrus über die Ungerechtigkeit. Der lächelt ihn nur an: „Es ist nicht alles immer so, wie es aussieht, mein Sohn. Die Whisky-Flasche hat ein Loch und die Blondine hat keins."

*****

Die Tochter will abends ausgehen. Die Mutter warnt sie: „Mit einem kleinen Glas Wein fängt es an, dann wird ein bisschen getanzt und noch ein Glas getrunken und dann lockt er dich in seine Wohnung und dann bist du entehrt, dein Vater ist entehrt, deine Mutter ist entehrt."
Die Tochter kommt spät am Abend nach Hause, die Eltern warten bereits ungeduldig. Sie erzählt: „Also, wir haben getanzt, haben Sekt getrunken – und dann wollte er mir noch seine Briefmarkensammlung zeigen ..." Die Eltern werden bleich: „Und dann?"
„Dann habe ich ihn aufs Bett geworfen – und jetzt ist er entehrt, sein Vater ist entehrt, seine Mutter ist entehrt."

*****

Ein Polizist läuft nachts durch die Straßen. Hinter einem Gebüsch vernimmt er verdächtige bekannte Geräusche. Zur Sicherheit ruft er ins Gebüsch: „Vögelt hier etwa einer?" Die ärgerliche Anwort kommt postwendend: „Nee, zwei, du Dussel!"

*****

Ein Playboy kommt in die Hölle, wird vom Teufel herumgeführt und bekommt drei Aufgaben zur Auswahl.
Erster Vorschlag: das Fegefeuer in Gang zu halten – Abgelehnt!
Zweiter Vorschlag: dem Hausherrn jeden Tag für alle Wünsche zur Verfügung zu stehen – Abgelehnt!
Da sieht der Playboy einen seiner Playboy-Freunde in Ketten an der Wand befestigt. Vor ihm kniet eine Blondine beim oralen Sex.
Fragt der Playboy den Teufel: „Wie lange geht das denn so?"
Darauf die Antwort: „Na, so ungefähr 1000 Jahre."
Der Playboy: „Das nehme ich!"
Da tippt der Teufel der Blondine auf die Schulter und sagt: „Kannst aufhören, die Ablösung ist da!"

*****

Fragt die Ehefrau ihren Gatten: „Du Schatz, was hast du eigentlich damals gedacht, als wir uns kennenlernten?"
Sagt er: „Wow, was für eine heiße Schnitte, der möchte ich gern das Hirn rausbumsen und die Brüste aussaugen!"
Sie: „Und was denkst du jetzt?"
„Tja, ich glaube, das ist mir ganz gut gelungen."

*****

Klein Erna geht zum Vater ins Schlafzimmer, der hat einen Ständer (unter der Decke). „Was ist denn da los, Papi?" Er: „Das ist ein Zirkuszelt, geh doch mal ins Bad und sag der Mami, dass ich das Zirkuszelt schon aufgebaut habe, sie soll den Bären mitbringen." Erna rennt zur Mutter. „Du, Mami, Papa hat das Zirkuszelt schon aufgebaut, du sollst den Bären mitbringen." „Na dann sag Papa mal, das geht heute nicht, der Bär hat Nasenbluten." Erna rennt wieder zum Vater. „Du, Papi, Mama sagt, das geht heute nicht, der Bär hat Nasenbluten."
„So ein Mist! Na, geh nochmal zur Mami und sag ihr, dann soll sie wenigstens kommen und die Vorstellung abblasen."

•••••

Drei Männer unterhalten sich über die Dummheit ihrer Frauen.
Der erste: „Meine Frau ist so dumm, dass sie sich für 10.000 Euro eine Küche gekauft hat. Dabei kann sie nicht einmal kochen."
Daraufhin der zweite: „Meine Frau hat sich für 20.000 Euro ein Auto gekauft. Dabei hat sie noch nicht mal einen Führerschein."
Der dritte: „Das ist noch gar nichts. Meine Frau hat sich für ihren Kegelausflug 50 Kondome gekauft, dabei hat sie doch gar keinen Penis."

•••••

Geht ein Mann in die Sauna. In der Umkleidekabine findet er einen Zettel: „Achtung, es wird vor homosexuellen Übergriffen gewarnt!"
Da ihn niemand belästigt, denkt er sich nichts dabei und beschließt, zu bleiben. In der Dusche und an der Saunatür die gleichen Schilder, aber nichts passiert.
Erleichtert betritt er die Sauna und sieht einen Zettel auf dem Boden liegen. Er bückt sich und kann gerade noch lesen: „Wir haben Sie drei Mal gewarnt!"

•••••

Er: „Schatz, warum lässt du mich nicht spüren, wenn du einen Orgasmus bekommst?"
Sie: „Weil du leider selten dabei bist."

•••••

Ein Mann schleppt abends in der Kneipe eine Frau ab. Mitten in der Nacht erwacht sie und sieht, dass sie ihre Tage bekommen hat. Unbemerkt verlässt sie das Haus. Morgens wird der Mann wach und sieht das Blut. „Ich bin ein Mörder", denkt er sich.
Er findet aber keine Spur von der Frau, auch keine blutverschmierten Messer oder andere Mordinstrumente. Um einen klaren Kopf zu bekommen geht er ins Bad, sich waschen. Er schaut in den Spiegel und schreit: „Oh nein, ich habe sie gefressen!"

•••••

Nach der Weihnachtsfeier im Büro wacht der Ehemann morgens auf. Er erinnert sich noch dunkel an einen Streit mit seinem Chef. Seine Frau klärt ihn auf: „Du hast zu ihm gesagt, er solle sich zum Teufel scheren. Und daraufhin hat er dich gefeuert." Verärgert schimpft der Mann: „Der kann mich mal."
Daraufhin die Frau: „Das habe ich dann auch zu ihm gesagt, und jetzt hast du deinen Job wieder!"

*****

Ein Finanzbeamter kommt zu einem Mann, der angeblich Schnaps destilliert, um die entsprechende Steuer festzulegen. Der Beschuldigte sagt aber, er würde schon seit 10 Jahre keinen Schnaps mehr brennen.
„Das spielt aber keine Rolle", sagt der Finanzbeamte. „Sie haben ja die Geräte zum Brennen noch, deshalb sind Sie steuerpflichtig!"
„Wenn das so ist, dann muss ich wohl zahlen, aber dann verlange ich auch Kindergeld und zwar rückwirkend für 30 Jahre."
Der Finanzbeamte wundert sich und fragt warum, wo der Mann doch gar keine Kinder hat
„Das stimmt," sagt der Mann, „Kinder habe ich zwar keine, aber das Gerät dazu habe ich!"

*****

Die Lehrerin im Unterricht: „Wenn auf einem Baum drei Vögel sitzen und ich einen davon abschieße, wie viele Vögel sitzen dann noch dort?
Fritzchen: „Gar keiner mehr, Frau Lehrerin!"
„Aber wieso denn das?"
„Wenn Sie einen abschießen, fällt der runter, und die anderen flattern vor Schreck davon!"
Die Lehrerin: „Tja, das war nicht die Antwort, die ich erwartet habe. Aber deine Art zu denken gefällt mir."
Darauf Fritzchen: „Ich hab auch ein Rätsel für Sie: in einem Eiscafe sitzen zwei Frauen. Eine beißt in ihr Eis und die andere lutscht ihr Eis. Welche ist verheiratet?"
Die Lehrerin wird rot, überlegt und sagt: „Die, die ihr Eis lutscht?"
Fritzchen: „Nein, die mit dem Ehering. Aber Ihre Art zu denken gefällt mir."

*****

Er: „Wenn ich gewusst hätte, dass du noch Jungfrau warst, hätte ich mir mehr Zeit genommen!"
Sie: „Hätte ich gewusst, dass du mehr Zeit hast, hätte ich die Strumpfhose ausgezogen!"

*****

Eine Woche vor dem Hochzeitstermin bekam der Bräutigam einen Anruf von der Schwester seiner Braut, sie wolle mit ihm wegen der Heirat etwas besprechen.
Als der Mann bei ihr eintraf, war sie allein zu Haus. Sie gestand ihm, dass sie ziemlich scharf auf ihn sei und ihn darum bitten würde, ein einziges Mal mit ihr ins Bett zu gehen. Wirklich nur ein einziges Mal.
Keiner würde je davon erfahren, danach würde sie wieder die brave kleine Schwester sein.
Sie sagte, sie würde jetzt die Treppe hochgehen. Wenn er es ebenso wie sie wolle, solle er ihr einfach ins Schlafzimmer folgen. Oben angekommen warf sie ihm ihr Höschen entgegen und verschwand im Schlafzimmer.
Er sagte kein Wort, verließ das Haus und ging zu seinem Auto. Draußen tauchte auf einmal sein zukünftiger Schwiegervater auf, umarmte ihn und sagte unter Tränen: „Wir sind so glücklich, dass du unseren kleinen Test bestanden hast. Wir können uns keinen besseren Mann für unsere Tochter wünschen. Willkommen in der Familie."
Die Moral dieser Geschichte? Bewahre deine Kondome immer im Auto auf ...

•••••

Ein Ehepaar spielt Golf. Der Ball fliegt durch eine Fensterscheibe, die zerbricht. Das Ehepaar klingelt, da die Tür nur angelehnt ist, gehen sie hinein.
In dem Raum mit dem zerbrochenen Fenster sehen sie eine zerbrochene Vase, daneben einen Mann mit einem Turban auf dem Kopf, der sagt: „Ich bin ein Flaschengeist und war 500 Jahre in dieser Vase eingesperrt und du hast mich befreit. Dafür hast du einen Wunsch frei, wenn du mir auch einen erfüllst."
Da sagt der Ehemann: „Ich möchte gerne 10 Millionen Euro auf meinem Konto!"
„Kein Problem," sagt der Geist, „das bekommst du, aber ich möchte auch meinen Wunsch äußern. Ich habe seit 500 Jahren keine Frau gesehen, geschweige denn angefasst. Wie wäre es mit deiner Frau?"
Das Ehepaar stimmt nach kurzer Beratung zu.
Der Ehemann geht wieder Golf spielen, währen der Geist sich mit der Frau ordentlich vergnügt. Als sie fertig sind, fragt der Geist die Frau: „Wie alt ist dein Ehemann?"
Die Frau antwortet: „42."
„Und dann glaubt er noch an Flaschengeister?"

•••••

„Mama, ich habe vorhin gesehen, was Papa mit der Nachbarin gemacht hat. Zuerst hat er sie ausgezogen, dann hat sie seine Hose aufgemacht, dann ..."
Da unterbricht ihn die Mutter: „Das kannst du nachher alles auf Papas Geburtstagsfeier erzählen."
Als die Gäste versammelt sind, legt er Kleine los: „Papa war vorhin bei der Nachbarin. Zuerst hat er sie ausgezogen, dann hat sie seine Hose aufgemacht, dann hat er sie geküsst und dann ... äh, Mama, wie heißt noch das Ding, das du immer in den Mund nimmst, wenn Onkel Walter zu Besuch kommt?"

Eine Polizistin regelt auf einer Kreuzung den Verkehr. Da bemerkt sie, dass sie ihre Regel bekommt und verlangt über Funk nach Ablösung. Nach zwei Stunden erscheint endlich ein betrunkener Kollege.
Die Politesse ist erbost: „Wieso kommst du erst jetzt? Und dann auch noch besoffen!"
Der Kollege: „Ja, weißt du, nach deinem Anruf hat sich bei uns auf der Wache sehr schnell herumgesprochen, dass du deine Tage bekommen hast. Na ja, erst hat Peter einen ausgegeben, dann hat Walter einen ausgegeben, dann hat ..."

In der Schule, sechste Klasse. Die Lehrerin schreibt etwas an die Tafel. Da fängt Fritzchen an zu lachen. Sie unterbricht und stellt ihn zur Rede. Fritzchen: „Ich habe eine ihrer Titten gesehen!" Daraufhin schickt die erboste Lehrerin ihn für eine Woche nach Hause.
In der Woche darauf geschieht es wieder. Wieder zur Rede gestellt antwortet Fritzchen: „Ich habe ihre beiden Titten gesehen!" Und er darf sich für drei Wochen verabschieden.
Wieder eine Woche später fällt der Lehrerin im Unterricht die Kreide aus der Hand und sie bückt sich. Da hört sie hinter sich, wie Fritzchen seine Sachen zusammenpackt und gehen will. Sie fragt, was er vorhat, er antwortet: „Bei dem, was ich gerade gesehen habe, denke ich mal, ich brauche nie mehr wiederkommen!"

Die 15jährige Tochter schläft zu gern nackt und breitbeinig. Als sie eines Abends wieder so im Bett liegt, greift die Mutter zu einer List: „Ich hab dir doch gesagt, das ist unanständig. Irgendwann wird dir noch die Gebärmutter rausfallen." Susi lacht und schlägt alle Warnungen in den Wind. Da legt die Mutter ihr nachts einen riesigen Schinken zwischen die Beine.
Am nächsten Morgen kommt die Kleine ganz aufgeregt zu ihrer Mutter:
„Mama, heute nacht ist mir meine Gebärmutter rausgefallen!"
Darauf die Mutter: „Siehst du, mein Kind, ich hab's dir doch gesagt."
Meint Susi: „Ja, das war ja alles nicht so schlimm, aber sie wieder hineinzubekommen hat eine Weile gedauert!"

*****

Das frisch verliebte Paar steht eng umschlungen im Hausflur.
Er: „Komm lass uns noch schnell eine Nummer machen."
Sie: „Aber doch nicht hier."
Er: „Dann hol mir wenigstens einen runter."
Sie: „Aber ich kenn doch niemanden in diesem Haus."

*****

Ein Cowboy trifft auf einen Indianer mit einem Hund, einem Pferd und einem Schaf.
Cowboy: „Darf ich mal mit deinem Hund reden?" Indianer: „Der Hund kann nicht reden." Cowboy: „Hallo alter Hund, wie geht's dir denn so?" Hund: „Oh, mir geht's gut, ich bekomme genug Futter, mein Herr behandelt mich gut und geht zweimal am Tag mit mir aus." Der Indianer schaut ganz erstaunt.
Cowboy: „Aha, darf ich mal mit deinem Pferd reden?" Indianer: „Das Pferd kann nicht reden." Cowboy: „Hallo altes Pferd, wie geht's denn so?" Pferd: „Och, mir geht's super! Mein Herr behandelt mich gut, pflegt mein Fell, und füttert mich, wann immer ich will." Der Indianer ist noch erstaunter.
Cowboy: „Kann ich mal mit deinem Schaf reden?" Indianer: „Schaf lügt!"

*****

Fritzchen schaut am ersten Schultag vor den Eltern in seine Schultüte:
„Was soll denn das? Da sind ja gar keine Kippen drin!"
Die Eltern sind völlig entsetzt. „Seit wann rauchst du denn?"
„Seit ich das erste Mal Sex hatte!"
„Oh Gott, du hattest schon Sex?"
„Ja natürlich, ich kann mich nur nicht mehr genau daran erinnern. War ja total besoffen!"

*****

Ein Multimillionär sitzt an der Bar und sieht eine wunderschöne Frau an einem Tisch sitzen. Der Mann bestellt eine Flasche Champagner und lässt sie mit einem Zettel an den Tisch der Frau bringen. „Würden Sie diese Flasche mit mir trinken?"
Die Frau schreibt auf den Zettel, bevor sie ihn zurückgehen lässt: „Wenn ich diese Flasche mit Ihnen trinken soll, müssen Sie auf Ihrem Konto mehr als 1 Million liegen haben, in der Garage muss ein Ferrari stehen, Sie müssen ein Ferienhaus in Italien haben und in Ihrer Hose müssen 20 Zentimeter sein."
Der Mann schreibt zurück: „Ich habe 10 Millionen auf meinem Konto, in meiner Garage befinden sich zwei Ferraris, ein Lamborghini und ein Porsche und ich habe Ferienhäuser in Italien, Spanien und in Mailand. Doch nie im Leben würde ich mir 5 Zentimeter abschneiden lassen!"

*****

Zwei Freunde unterhalten sich. „Schreit deine Frau auch immer so laut wenn sie kommt?"
„Nein, meine hat einen Schlüssel."

*****

Im Supermarkt sieht ein Mann eine sehr attraktive Frau, die ihn anlächelt. Er spricht sie an: „Hallo, kennen wir uns?" „Ja", sagt sie, „Sie sind der Vater eines meiner Kinder". Kurzfristig ist er verwirrt als ihm plötzlich alles wieder einfällt: „Sind Sie die geile Stripperin, die ich vor meinen Freunden auf meinem Junggesellenabschied auf dem Billiardtisch vernascht habe und deren Kollegin mich währenddessen mit einer nassen Porree ausgepeitscht und mir auch noch eine Salatgurke hinten reingeschoben hat?"
„Nein", sagt sie, „ich bin die Klassenlehrerin ihres Sohnes."

*****

Eine Hausfrau vergnügt sich mit dem Vibrator, als ihr Ehemann vor der Tür steht.
Sie: „Schatz, was ist los? Warum kommst du heute schon so früh?"
„Ich bin gefeuert worden – man hat mich in der Firma einfach durch eine Maschine ersetzt!"

*****

Unterhalten sich zwei Freundinnen: „Warum soll ich eigentlich auf den Richtigen warten? Bisher hatte ich immer eine Menge Spaß mit den Falschen ..."

*****

Orales, vom Vatikan anerkanntes Verhütungsmittel mit vier Buchstaben: NEIN

*****

Eine Blondine wird von der Polizei angehalten. Fragt der Polizist: „Haben Sie alkoholische Getränke zu sich genommen?"
Sagt die Blondine: „Ja, 2 Obstler, 8 Pils und 5 Gläser Rotwein."
Der Polizist ist völlig erstaunt: „Aber hallo, dann müssen Sie jetzt aber mal blasen!"
Darauf die Blondine: „Gott sei Dank, Herr Wachtmeister, die Beine hätte ich nämlich jetzt nicht mehr auseinander bekommen!"

•••••

Ruft der Angestellte morgens seinen Chef an: „Tut mir leid, ich bin krank und kann nicht kommen."
Sagt der Chef: „Und dabei brauche ich Sie heute dringend. Wissen Sie, was ich mache, wenn ich krank bin? Ich gehe zu meiner Frau, die bläst mir einen und schon geht's mir wieder bestens. Versuchen Sie das doch mal!"
Zwei Stunden später bekommt der Chef einen Anruf: „Der Tipp war klasse, ich fühle mich wieder gesund, kein Kopfweh, kein Halsweh, ich komme gleich. Ach übrigens, Sie haben aber eine schöne Wohnung!"

•••••

Unterhalten sich zwei Schwule. Sagt der eine: „Gestern abend ist mir ein Kondom geplatzt!"
„Im Ernst?"
„Nein, im Detlev."

•••••

Ein Mann bekommt vom Arzt den Tipp, dass Schwarzbrot eine anregende Wirkung habe. Daraufhin geht er zum Bäcker und möchte zwei Schwarzbrote kaufen.
„Was wollen Sie denn mit zwei Schwarzbroten?", fragt ihn der Bäcker. „Da wird Ihnen doch die Hälfte hart?"
„Gut, dann geben Sie mir bitte vier Schwarzbrote!"

•••••

Wer gut über die Runden kommt, hat auch bei den Schlanken keine Probleme.

•••••

Der Herr Graf zu seiner Gattin: „Wenn du lernen würdest, wie man bügelt und kocht, dann könnten wir die Haushälterin sparen."
Darauf seine Frau: „Und wenn du lernen würdest, wie man es richtig macht, dann könnten wir auch den Gärtner sparen."

•••••

Warum sind Junggesellen schlanker als Ehemänner?
Der Junggeselle kommt nach der Arbeit nach Hause, schaut in den Kühlschrank, da ist nichts Ordentliches drin und geht dann ins Bett.
Der Ehemann kommt nach der Arbeit nach Hause, schaut ins Bett, da ist nicht Ordentliches drin und geht dann an den Kühlschrank.

•••••

Ein Seemann hat zwischen zwei langen Fahrten einen Tag Zeit und besucht seine Frau. Während seiner Seereise hat er sich eine Nackte links auf seinen Oberarm tätowieren lassen. Seine Frau ist verärgert und wirft ihn hinaus. Nach 3 Monaten ist die zweite Fahrt vorbei und er kommt wieder zurück. Inzwischen hat sich seine Frau einen Männerkopf auf jede Brust tätowieren lassen. Als sie abends die Bluse öffnet, fällt ihr Mann um vor Lachen. Verdutzt fragt die Frau, was los sei. Da sagt er: „Was meinst du, was die in ein paar Jahren für lange Gesichter machen!"

Unterhalten sich zwei Männer. „Mensch, ich muss unbedingt mal nach Frankreich! Da kann man umsonst essen und trinken, so viel man will, man kann ohne zu bezahlen in einem feinen Hotel übernachten und sogar noch umsonst bumsen."
Fragt der andere: „Woher weißt du das? Warst du schon einmal da?"
„Nein, ich nicht. Aber meine Frau war neulich da, die hat mir das erzählt!"

Kommt ein Zebra auf den Bauernhof und denkt sich: „Hier sieht es gut aus, hier würde ich auch gern leben!" Das geht es zu einem Huhn und fragt: „Sag mal, was machst du hier denn so den ganzen Tag?" Da sagt das Huhn: „Ich sitz hier rum und leg ab und zu mal ein Ei und pick und kratz den Rest des Tages."
„Toll!", sagt das Zebra und geht weiter zu einer Kuh. „Und was machst du so den ganzen Tag?" Sagt die Kuh: „Ich fresse Gras, gebe jeden Tag ein wenig Milch und werfe einmal im Jahr ein Kalb!"
„Super hier", denkt sich das Zebra und geht weiter zum Stier: „Und was machst du so den ganzen Tag?" „Kleines, zieh erstmal deinen Schlafanzug aus, dann zeig ich es dir!"

Ein Frosch hüpft vergnügt durchs hohe Gras und sagt immer wieder: „Ich bin ein Schwan, ich bin ein Schwan." Da trifft er einen Storch: „Frosch, bist du verrückt? Du bist doch kein Schwan." Da zieht der Frosch seine Hose runter. Der Storch ist überwältigt: „Mein lieber Schwan!"
Frosch: „Ich bin ein Schwan, ich bin ein Schwan."

Ein katholischer Pfarrer möchte ein Bedürfnis stillen und und geht ins Bordell. Die Puffmutter versteht sofort, dass die Sache natürlich nicht in die Öffentlichkeit getragen werden soll und schickt ihn in den ersten Stock. Als er dort fertig ist, bekommt er zu seiner Überraschung noch 10 Euro ausgehändigt.
Als er das am nächsten Tag dem Bischof erzählt, möchte dieser das auch ausprobieren. Allerdings bekommt der Bischof nach der Nummer sogar 100 Euro.
Kurz darauf ist der Papst zu Besuch in der Stadt und fragt den Bischof unter der Hand nach einem einschlägigen Tipp. Der Bischof erzählt ihm sein Erlebnis.
Daraufhin geht auch der Papst dorthin und bekommt danach 500 Euro. Als er die Puffmutter fragt, warum der Pfarrer 10, der Bischof 100 und er 500 Euro bekomme, antwortet diese: „Beim Pfarrer war es nur eine Tonbandaufnahme, den Bischof haben wir auf Video und bei Ihnen war es ein Live-Auftritt!"

•••••

Die wahre Bedeutung der Altersbegrenzungen bei Filmen:
ab 12: der Held bekommt das Mädchen
ab 16: der Brutale bekommt das Mädchen
ab 18: jeder bekommt das Mädchen.

•••••

Der Postbote soll ein Päckchen beim Pfarrer abliefern. Auf dem Päckchen steht „Nur persönlich übergeben!" Am Haus des Pfarrers macht aber keiner auf. Da geht der Postbote einmal um das Haus des Pfarrers herum, um zu sehen ob er im Garten ist. Nach seiner Runde klingelt der Bote noch einmal. Der Pfarrer öffnet die Tür: „Haben sie schon einmal geklingelt? Verzeihung ich habe gerade ein Nickerchen gemacht." „Ja", sagt der Postbote, „das habe ich durchs Nensterchen gesehen."

•••••

Zwei Machos unterhalten sich. „Du ich habe letzte Woche Viagra ausprobiert. Das war nicht schlecht. 3 Stunden und 10 Minuten konnte ich ununterbrochen. Aber ich werde es nicht noch einmal nehmen!"
„Warum nicht, wenn du so lange konntest?"
„Ja nur wegen den 10 Minuten mehr!!"

•••••

Einem jungen Mädchen geht mitten in der Prärie das Benzin aus. Ein Indianer nimmt sie hinter sich auf seinem Pferd mit. Alle paar Minuten stößt der Reiter einen wilden Schrei aus.
Schließlich setzt er das Mädchen an einer Tankstelle ab und reitet mit einem letzten „Juhuuuu" davon.
„Was haben sie denn gemacht?", fragt sie der Tankwart.
„Nichts", antwortet das Mädchen, „Ich habe hinter ihm gesessen und mich am Sattelhorn festgehalten."
„Mein liebes Kind, Indianer reiten ohne Sattel ..."

*****

Die Jungfrau Maria möchte auch mal wieder auf die Erde zurück. Man lässt sie unter der Bedingung, dass sie jeden Abend im Himmel anruft. Am ersten Abend ruft Maria im Himmel an: „Hier ist die Jungfrau Maria. Ich habe mir einen engen Rock gekauft. Ist das schlimm?"
„Nein, nein, ist nicht schlimm. Aber meld dich morgen abend wieder."
Am nächsten Abend: „Hier ist die Jungfrau Maria. Ich habe mir einen knallroten Lippenstift gekauft. Ist das schlimm?"
„Nein, nein, ist nicht schlimm." Am nächsten Abend: „Hier ist die Maria. Ist das schlimm?"

*****

Nach der ersten Nacht fragt sie: „Was bist du eigentlich von Beruf?"
Er: „Anästhesist."
Sie: „Das dachte ich mir, ich habe nämlich überhaupt nichts gemerkt."

*****

Das junge Paar tanzt engumschlungen. Sagt er: „Die Freundschaft zwischen uns festigt sich langsam."
Anwortet sie: „Ja, ich fühle es."

*****

Zwei Bauern fahren zum Tanken. An der Tankstelle hängt ein Zettel mit der Aufschrift:
„Großes Gewinnspiel! Hauptgewinn: Kostenloser Sex!"
Beim Bezahlen fragen die beiden was man tun muss, um zu gewinnen.
Sagt der Tankwart: „Ich denke mir eine Zahl zwischen 1 und 10 und wenn Sie diese erraten, dann haben sie gewonnen."
„Fünf", rät der eine Bauer.
„Tut mir leid, es war die Vier. Sie haben leider nichts gewonnen."
Einige Tage später versucht es der andere Bauer auch, aber verliert ebenfalls. Daraufhin meint er zu dem ersten:
„Weißt du, ich glaube irgendwie ist was faul an dem Spiel!"
„Das glaube ich nicht", meint der erste, „meine Frau hat nämlich letzte Woche schon zwei Mal gewonnen ..."

*****

Willibald sonnt sich am Strand nackt in der Sonne. Als zwei junge Damen vorbeigehen, bedeckt er seine Blöße mit der Zeitung. Als die beiden Frauen an ihm vorbeigehen, sagt die eine: „Schau nur, da steht etwas Interessantes in der Zeitung!"

Arthur Davidson, der Erfinder der Harley-Davidson-Motorräder, kommt in den Himmel. Dort fragt er Gott: „Hast du nicht die Frau erfunden? Da sind dir aber einige Konstruktionsfehler unterlaufen:
1. Das Vorderteil ragt zu weit hervor.
2. Hinten wackelt es zu stark.
3. Der Einfüllstutzen liegt zu nah am Auspuff."
Da antwortet Gott: „Es mag schon sein, dass mir da einige Konstruktionsfehler unterlaufen sind, aber auf meiner Erfindung reiten immer noch mehr Leute als auf deiner."

Wichtiger Hinweis:
Bei den 3 Witzebüchern von Gerd Lechter gibt es natürlich keine Überschneidungen oder doppelte Witze.
(Wer dennoch einen doppelten finden sollte, darf ihn gerne behalten.)